脳科学捜査官　真田夏希

クリミナル・ブラウン

鳴神響一

角川文庫
23047

目次

第一章　ジュリエンヌ

【1】　@二〇二一年二月一日（月）

二月の初日。舞岡《まいおか》は静かな夜を迎えていた。

チャイムが鳴って、ドアモニターに宅配便の制服を着た若い男性の姿が映った。

「こんばんは、パンダ便です～」

ドアを開けると、まわりの雑木林が漆黒《しっこく》の風にさやさやと鳴っている。

真田《さなだ》夏希《なつき》は宅配便会社の小ぶりの段ボール箱を受け取って首を傾げた。

通販はよく使うが、ここのところ注文した覚えはない。

「え？　どうして？」

箱に貼付された宅配便の伝票を見た夏希は驚きの声を上げた。

伝票には楽々《ラクラク》市場に出店している《ファンタジアランド》という千代田《ちよだ》区のショップ

名が書いてある。もちろん聞いたことのない名前だ。

品名には玩具とあり、その後ろには（福島正一様よりの贈り物）と印字してある。

「福島さん？」

夏希は思わず伝票を二度見した。

福島正一《ふくしままさかず》は言うまでもなく県警刑事部の捜査一課長である。捜査では何度も一緒になった。織田《おだ》に次いで親しい警視正とも言えるが、夏希になにかを送ってくるとは思えない。

調べたのかもしれないが、夏希の住所を知っているのも不思議だった。

しかも箱の中身が玩具《がんぐ》とはいったいどういうことだろう。

夏希は不審に思いながら、リビングのテーブルで段ボール箱を開けた。

なかにはエアー緩衝材が詰められており、ピンク色の包装紙の細長い紙箱が入っていた。包装紙には濃淡三色で大きさの違うドットが描かれ、細かな白文字で「For You」といくつも抜いてある。

ギフト包装になっていて真紅のリボンが掛けてあった。

不審な気持ちを抱きながら夏希は紙箱を取り出してテーブルに置いた。

本当に福島らしくない。女性からの贈り物のように思える。

（もしかして真由美《まゆみ》さんからかな）

ふと夏希は気づいた。

正月の事件で一度だけ会ったことのある福島夫人からの贈り物なのかもしれない。

ダンスインストラクターをしていた真由美という名の美女だった。

福島とのミスマッチに驚いたが、どこから見ても仲のよい夫婦という二人だった。

しかし、真由美からだとしてもやはり腑《ふ》に落ちない。

添えられていた納品書には価格の記載がなかった。贈答品だから当然のことだろう。

《ファンタジアランド》と福島の住所・電話番号が記されていた。

福島の住所は横浜《よこはま》市港北《こうほく》区日吉《ひよし》二丁目三一とある。

「へぇ、福島さん、日吉に住んでいたのか」

夏希は疑問に思いつつも包装紙を解いた。

「なに、これっ？」

部屋のダウンライトの灯《あか》りに、華やかな箱が浮かび上がった。

箱に入っているものが、透明フィルムの窓のなかから夏希の両の眼に飛び込んできた。

それは《ジュリエンヌ》だった。

夏希も子どもの頃に遊んだ記憶のある着せ替え人形である。《ジュエラー》という玩具メーカーが製造販売している。

もともとは小学生くらいの白人の童女をかたどった人形だけのラインナップだったが、最近は《おとなジュリエンヌ》と銘打ってハイティーンくらいの少女をモデルとした人形も加わった。

この人形はおとなジュリエンヌだった。

子どもだけではなく、大人の女性にも大人気となっている、とネットのニュースで見た覚えがあった。メーカーが提供する服を着せ替えて鑑賞するのはもちろん、自分で服を作ったり作家が作っている服に着替えさせたり、ヘアメークをしてみたり……。

自分の部屋や屋外で写真を撮ってはインスタグラムなどのSNSで公開する趣味を持つ女性が増えていた。ドールハウスやミニチュア家具と組み合わせて楽しむようなファンもいるそうだ。こうした趣味は「ジュリ活」と呼ばれているとのことだった。

「気持ち悪いっ」

中身がジュリエンヌと知って、夏希は背中に水を浴びせられたような気持ちに陥った。

そればかりではない。

ジュリエンヌが身につけている衣装が問題だった。

白い毛皮のコート。正月に鶴岡八幡宮《つるがおかはちまんぐう》の舞殿《まいでん》で披露したあの姿によく似ていた。

箱には《ジュリエンヌ雪の女王》の文字が躍っている。

贈り主は真由美ではないと思われた。まして福島一課長であるはずがない。

とにかく、この薄気味の悪い人形の贈り主が誰なのかを知る必要がある。

福島夫妻であれば、問題はないのだ。

だが、時刻は午後八時をまわっていた。

迷いつつも夏希は、納品書に印字されている横浜市内の固定電話の番号をタップしてみた。

自分の番号は非通知にした。

数回のコールで相手が出た。

「はい、港北区役所です。開庁時間は月曜日から金曜日の午前八時四五分から……」

耳もとで響いた録音音声に心臓をつかまれるような気がして夏希はあわてて電話を切った。

スマホのディスプレイに残った番号と納品書の番号を見比べてみる。

間違いなく納品書に記された番号だ。

自宅の番号を間違えて記入する者は少なかろう。

それでも確認しようと納品書の番号をググってみると、まぎれもなく港北区役所だった。

背中に嫌な汗が流れる。

夏希は納品書の住所を打ち込んで検索を掛けてみた。

「え……ここって……」

夏希の声は乾いた。

マップに表示されたポイントは横浜市の運営する日吉《ひよし》公園だった。

どう考えても、福島正一の名を騙《かた》って何者かが送りつけてきたものだ。

発送元の《ファンタジアランド》をググると、楽々市場に出店しているバラエティシヨップだった。

秋葉原《あきはばら》の街中に実店舗もあり、とくに怪しい店ではない。大手通販サイトの楽々市場は夏希も会員登録しており、日用品から一部の衣類までいろいろなものを購入している。

ショップの番号に電話を掛けたが、営業時間外の音声が返ってきた。

福島の自宅電話番号はもちろん知らない。

明日《あした》、科捜研に出勤したら、なんとか連絡をとってみようと夏希は思った。

だが、階級差を考えると、簡単に電話に出てもらえるかはわからない。

こちらは警部補で、福島は三階級も上の警視正なのだ。

警察は異常に階級差の激しい組織だ。

一階級上の者に電話を掛けるのにも気を遣う。

それにしても送り主は、なぜ夏希の住所を知っているのだろう。この点も不気味だった。

夏希の住所を知っている者はごく少ない。親兄弟は別として、学校時代からつきあいが続いている少数の友人と、以前に臨床心理士や精神科医として勤めていた病院や神奈川県警くらいだろう。

友人のなかにこんな奇妙なことをする人間がいるとは思えなかった。

着せ替え人形などを使った「ごっこ遊び」は、幼児の発達にとってたくさんのメリットがあるとされている。とくに複数の幼児が一緒に遊ぶことで、役割取得能力の成長を促し、コミュニケーション能力や他者への理解能力、共感能力などを育てる。

古典的な発達心理学においてもジャン・ピアジェらが「ごっこ遊び」の効用を認めている。

と、発達心理学の見地からはこういった明るい内容が浮かんでくる。

しかし、ジュリエンヌを前にして、精神科医であった夏希を脅かしたのは人形に対する別の側面だった。

ピグマリオンコンプレックス、あるいは人形偏愛症（人形愛）……狭義には心を持たない人形を愛するコミュニケーション不全を指す。また、広義には生身の女性を人形のように自分の思い通りに扱いたいという性癖をあらわしている。どちらにしても学術的には正しい言葉ではなく、前者と後者では心理学的な意味合いも大きく異なる。

研究がじゅうぶんに進んでいない分野とも言える。たとえばフィギュア愛好家などに対する偏見を生んでいる側面もある。

そんななか、「おとなジュリちゃん」による「ジュリ活」の人気で、大人の人形遊びがある程度の市民権を獲得し始めていると言ってもよい。

だが、見知らぬ人物からいきなり送りつけられた人形を前にして夏希の胸には不安が渦巻いていた。

送り主はどういうつもりで、人形などを送ってきたのか。

いったいどんな人物なのだろうか。

ピグマリオンコンプレックスの持ち主なのだろうか。

夏希は問題の箱を包装紙とともにリビングのキャビネットに突っ込んだ。

予期せぬ不吉なプレゼントのせいで、まったく食欲はなかった。

夕食は冷凍庫にあった作り置きのカレーを温めてビールで流し込んだ。

ベッドに入ってもなかなか寝つかれなかった。

夏希は何度も目を覚まし、ベッドの上で煩悶《はんもん》していた。

【2】＠二〇二一年二月二日（火）

翌日、科捜研に出勤すると、すぐに捜査一課の企画係に電話を入れた。

企画係は捜査一課の二四係全体の庶務を担当している。

「科捜研心理科の真田夏希と申します。福島一課長にご連絡したいことがあるんですが」

「官職名をお願いします」

無愛想な中年男の声が返ってきた。

「心理分析官、警部補です」

「直接おつなぎするのはちょっと……」

電話の男はとまどいの言葉を返してきた。

言葉が丁寧なので、夏希よりは階級が下なのだろう。

「場合によっては迅速な対応が必要になるかもしれないんです」

夏希は言葉に力を込めた。

「一課長にどのようなご用件なのですか」

相手はうさんくさげな声を出した。

「福島一課長の名前を冒用《ぼうよう》している者がいるかもしれないのです」

「冒用と言いますと？」

「詳しくは一課長にお話しします」

わずかの間、沈黙があった。

「わかりました。お伝えしますので、いったん電話を切ってお待ちください」

五分ほど経つと、夏希のデスクの電話が鳴った。

「真田から電話が来るとは珍しいな。いや、初めてか」

受話器から耳になじんだ福島一課長の声が聞こえた。

「初めてです。お忙しいのにすみません」

「いまはどこにも捜査本部《ちょうば》が立ってないからなんとかなったが、長くは話せんぞ」

「はい、どうしてもお伺いしたいことがありまして」

「わたしの名を冒用している者がいるんだって？」

「その前に伺いたいのですが、福島さん、わたしのところに宅配便をお送りになりましたか？」

「いや、真田にプレゼントを贈った覚えはないよ」

意外そうな福島の声が聞こえた。

「奥さまはいかがでしょうか」

「家内がわたしに黙ってそんなことをするはずはない」

あたりまえのことだが、やはり福島一課長夫妻ではないのだ。

「わたしの名前でなにが届いたんだ？」

「とても奇妙なものが届いたんです」

「奇妙なものだって？」

福島一課長は夏希の言葉をなぞった。

「ええ、ジュリエンヌという着せ替え人形です」

「なんだと？」

福島一課長の声が裏返った。

「そうなんです。秋葉原のバラエティショップから直送されてきたんですが、送り主のお名前は福島正一さんでした」

「わたしや家内がそんなものを送るわけはないだろう」

いかにも意外そうな福島一課長の声だった。

「わかっています。納品書に記載されていた住所は日吉公園でしたし、電話番号は港北区役所でした」

「わたしが住んでいるのは山手《やまて》の公舎だよ。日吉に住んだことなんて一度もない」

「福島一課長のお名前を騙《かた》っただけなんだと思います」

「わたしの名前は、正月のテレビでも放映されたからな。誰かがその名前を覚えていたんだろう。しかし、誰がなんのためにわたしの名前で、真田に人形なんぞを送ったんだろうな」

　不思議でたまらないという福島一課長の声だった。

「おまけに《ジュリエンヌ雪の女王》という商品で、白い毛皮のコートを着た姿なんです」

「正月のあの姿と一緒か」

　福島一課長は低くうなった。

「そうなんです。なんだか気持ちが悪くて」

「たしかにわけのわからん話だな」

「送られてきたのが人形なのが、不気味なんです」

「人形自体にとくに問題はないんだな。汚損しているというような」

「箱は開けていないのですが、ショップからの直送品ですから新品のはずです」

「なにかメッセージは添付されていたのか」

「いいえ、ショップの納品書が入っていただけです」

「それなら、法的な問題は発生しないな」

福島一課長は考え深げな声で言った。

「捜査をお願いすることはできないのでしょうか？」

夏希は思いきって訊《き》いてみた。

「いったいなんの罪で立件するんだ？　人にものを送っただけでは犯罪にはならないだろう。汚損したものを送ったり、脅迫状が添えられていたりしたのならば脅迫罪を構成するかもしれんが……」

「でも、福島さんの名前を騙っているんですよ」

夏希は不満だった。自分はこんなにつよい不安に陥れられているのだ。

「捜査一課長と肩書きを書いたのであれば、『官公職、位階勲等、学位その他法令により定められた称号若しくは外国におけるこれらに準ずるものを詐称し』たことになるから、軽犯罪法の一条一五号に触れるがね。ただの福島正一ではどうしようもない」

「虚偽の住所や電話番号を記入していますが」

それでも夏希は食い下がった。

「それだけでは法に触れないよ。虚偽の住所氏名を旅館等の宿泊者名簿に記入したら旅館業法に違反するがね」

「じゃあ、このニセ福島さんはなんの罪にもならないのですね」

「そういうことだ。従って捜査などできるものではない」

「わたしはとても不安なんですけど」

　夏希は正直な気持ちをぶつけてしまった。

「まぁ、そんなに心配することでもないだろう。真田にプレゼントを贈りたかったが、恥ずかしかった。そこで自分の名前や住所を隠したということなんじゃないのか」

「そんなことってあるんでしょうか……だいたいわたしの住所を知っているのも気持ちが悪いんです」

「うーん、どこかの名簿に載せていないか。たとえば大学の卒業名簿とか」

「いまの部屋は警察に入る前から住んでいるのですが、住所を知っているのはわずかな知人友人だけです」

「では、知人友人のなかに犯人がいるのではないのかね？」

「思い当たる人はいません」

　夏希はきっぱりと言い切った。

「申し訳ないが、もう出かけなければならないんだ」

「あ、お時間を頂き申し訳ありませんでした」

「いや、いいんだ。だが、あんまり心配するな。ただ、プレゼントが届いただけのことだ」

　福島一課長はなだめるように言った。

「わかりました」

　夏希はまったく納得できていなかったが、それだけ言って電話を切った。

昼休みに、夏希は《ファンタジアランド》に電話を掛けてみた。

電話に出たのは感じのいい若い女性だった。

「わたしのところに届いた荷物について伺いたいんですが……」

夏希は見知らぬ人物から《ジュリエンヌ雪の女王》が届いたことを説明した後で尋ねた。

「送り主の方のお名前と連絡先を知りたいのです」

「納品書に記されているとおりなのですが……」

女性はとまどいの声で答えた。

「知らない方なんですけど」

「ちょっと確認してみますね」

キーを叩《たた》いている音が響いた。

「横浜市港北区にお住まいの福島正一さまからのご注文ですね」

「納品書に打ち出してあるのもその福島さんなんですが、まったく知らない人なんです」

「うちのほうではそれ以外にはわかりません」

女性の声は困惑気味に響いた。

このショップを責めてみても仕方がない。

「メールアドレスなどはわかりませんか」

「いいえ、メールアドレスは記入されていません」

「楽々市場は会員登録をする際にメアドが必要なのではないですか」

夏希は意外に思って訊いた。

「会員登録にはメールアドレスが必要ですが、登録なさらなくてもお買い物はできるんです」

「そうなんですか」

これは知らなかった。

「こちらのお客さまは会員登録なさっていなくて、お支払いも銀行振込なのです。だから、メールアドレスをはじめ、納品書に打ち出されている情報以外はわかりません」

女性は淡々と説明した。

「どこの銀行から振り込んだかわかりますか？」

「個人情報なのでちょっとそれは」

捜索差押許可状をとれば、ニセ福島が振り込んだATMなどがわかる。防犯カメラを解析すればニセ福島の容貌《ようぼう》に迫ることはできる。

しかし、福島一課長が言うように現時点では不可能な話だ。

「ありがとうございました。お時間を頂戴《ちょうだい》してすみませんでした」

「いいえ、どう致しまして。今後ともどうぞよろしくお願いします」

愛想のいい声で女性は電話を切った。

夏希はむなしさを覚えた。

捜査が開始されない限り、ニセ福島に迫る手段はなにもないのだ。

福島一課長は心配するなと言う。だが、送り主が名前や連絡先を偽って人形などを送りつけてくる行為はどう考えてもふつうではない。

相手の目的も少しもわからない。

夏希は不気味な思いを残したまま、昼食をとりに出かけた。


【3】


その晩、夏希の部屋の壁に掛かったジョージ・ネルソンのボールクロックは、午後八時前を指していた。

夏希は珍しくキッチンに立っていた。

幸いなことに正月のあの事件の後、大きな事件がなかった。

科捜研も六時には退庁することができる毎日が続き、夏希も自炊する余裕を取り戻していた。

夏希だって、毎日、デリカテッセンや外食で夕飯をとりたいとは考えていない。

ときには栄養バランスを考えて自炊したいとは思う。

とはいえ、いちにち仕事をして自宅に帰ると、心身ともにかなり疲れている。あまり複雑な料理を作るのは無理だった。

いい加減な料理を作るくらいなら、デリカテッセンや外食に頼ったほうがよい。店やメニューを選べば、栄養バランスのよい食事をとることもできる。

食材だって、独り暮らしは損だ。食材が一人分ずつ小分けで売っていることは少ない。使い切れないことが多く、食材をどうしてもダメにしてしまう。生産者にも地球環境にも申し訳がなく、なによりもったいない。

今夜はスモークサーモンとほうれん草の和風パスタに挑戦してみた。初めて作るが、そんなに難しいレシピではなかった。

ほうれん草に続けてニンニクをみじん切りにしていたときだった。

ドアチャイムが鳴った。

リビングに行くと、ドアモニターに宅配便の制服を着た先日の男性が映っている。

「お届け物です」

嫌な予感が全身を駆け抜けた。

今夜も荷物が届く予定はない。

案の定、宅配員から渡された段ボール箱の伝票には昨日と同じ文字が印字されていた。

発送元は《ファンタジアランド》で、中身は「玩具」、送り主は「福島正一」だ。

受領拒否しようかと一瞬迷ったが、仮にこの先、立件を目指すとしたら適当な判断ではない。

この箱の中身は重要な証拠となるはずだ。

夏希は届いた段ボール箱をテーブルの上に置いた。

昨日届いたものとまったく同じパンダ便の段ボール箱だった。

パスタ作りを中断して、夏希は箱の中身を確かめることにした。

一瞬、箱を開けた瞬間にドカンという不安が胸に兆した。

だが、この箱は《ファンタジアランド》からの直送品なのだから、危険物ということはあり得ない。

段ボール箱を開けると、同じピンクの包装紙に赤いリボンが掛かった細長い箱が現れた。

夏希は昨日よりも丁寧に包装紙をはがした。

やはりジュリエンヌだった。

「この服……」

透明フィルムの窓からジュリエンヌのファッションを見た夏希の背中には寒気が走った。

今度のジュリエンヌは、ウォッシュの効いたデニムジャケットと白紺ボーダーのシャツのトップス、ボトムスは白いチノパンだった。かわいらしいサーモンピンクのトートバッグを手にしている。

商品名は《おでかけジュリエンヌ》とある。

夏希はこんなデニムジャケットも、ボーダーシャツもチノパンも持っている。

バッグこそ違うが、休日の買い物の時などにまったく同じコーディネートを選んだことがあった。

夏希はふたたび背中に水を浴びせられたような気持ちに陥った。

送り主のニセ福島は、どこかで夏希の姿を監視しているに違いない。

ひとりで抱えていることがつらくなった。

信頼できる誰かに相談したかった。

誰に電話しようか悩んだが、夏希が選んだのは織田信和《のぶかず》の番号だった。

織田とは中途半端な関係が続いているが、仕事を超えた関係だと言ってよかった。

「こんばんは、いまお仕事ですか？」

警察庁警備局の理事官である織田は夜遅くまで仕事をしていることが多い。

「書類仕事なんで大丈夫ですよ。せっかく真田さんからお電話頂けたんですから」

機嫌よく織田は答えた。

やはり仕事中だったが、お言葉に甘えよう。

「実はちょっと不安なことが起きていまして……」

昨日からのできごとを夏希は丁寧に説明した。

「なるほど……真田さんの不安な気持ちはよくわかります」

織田はあたたかい声で言った。

「福島一課長のお言葉通り、捜査に着手することはできないのでしょうか」

県警が捜査を開始してほしい。夏希は強く願っていた。

二度にわたって福島一課長の名を騙《かた》って人形を送りつけてくる行動には、あきらかに異常性を感じる。

「人形をプレゼントしているだけではなんの犯罪も構成しません。県警が捜査に着手することは困難です」

だが、織田もまた福島一課長と同じ答えを返してきた。

「やはりダメなんですね」

夏希は声を落とした。

「おわかりだと思いますが、捜査を開始すれば対象となる市民の人権をいくらかなりとも侵害することになります。刑事訴訟法に『捜査は、捜査機関が犯罪があると思料したときに開始される』と捜査の端緒が規定されている通りです」

織田に言われずとも、刑訴法の捜査の端緒に関する条文は知っていた。

「でも、わたし不安で……」

夏希は素直に自分の気持ちを言葉にした。

「相手の出方を待ちましょう。もし法に触れるような行動を取ったら、その時点で、すぐに県警には動いてもらいます」

「そうですね、それしかないですね」

ちょっとがっかりして夏希は答えた。

「わたしから神奈川県警の警備部に連絡して、警備の要員を付けてもらいましょうか？」

織田は思いもよらぬ提案をしてきた。

「いえ……警備部まで動いて頂くのはちょっと」

さすがに夏希の不安感だけで警護を付けてもらうわけにはいかない。

「では、戸塚《とつか》警察署の地域課と舞岡交番にパトロールを強化してもらいましょうか」

「そうですね……いえ、それもいいです」

一瞬頼みたいと思ったが、近くの警察に迷惑を掛けるのも気が引けた。

「本当に大丈夫ですか」

織田の懸念するような声が聞こえた。

「はい、織田さんの言うとおり、もう少しようすを見てみます」

「不安なことが出てきたら、いつでも僕の携帯に電話をください」

頼もしげに織田は言った。

「ありがとうございます。お言葉嬉《うれ》しいです」

「何時でもけっこうですよ。不安なお気持ちはよくわかりますので」

織田のやさしい言葉に夏希はジーンときた。

電話を切った後、夏希は悩んでしまった。

もしかすると、自分はひとりで大騒ぎをしているのかもしれない。

織田のふたつの提案は断るしかなかったのだ。

本当に身の危険を感じていたら、少なくとも自宅のまわりのパトロールを強化してもらったかもしれない。

だが、それを頼むのは気が引けた。

そこまで切迫した情況ではないと、夏希自身も感じているのだ。

それでも二度も人形を送りつけて来た人間の意図がわからないだけに不安は消えない。

しかし、犯罪が起きなければ、警察は動けない。

ストーカー事案なども同様の構造を持つような気がした。

警察は犯罪の予防については無力であることを感じざるを得なかった。

それでも夏希は、織田に電話してよかったと思っていた。

いざというときに頼れる織田がいることはありがたいと感じていた。

昨日と同じように人形をリビングのキャビネットに放り込んで夏希はキッチンに戻った。

スモークサーモンもニンニクも表面が乾き始めている。

夏希は小さく舌打ちして包丁を握り直した。

気を取り直して、リビングのオーディオでベネデッタ・カレッタのヴォーカルを流し始めた。

ホイットニー・ヒューストンの"I WILL ALWAYS LOVE YOU"のカバーがリビングいっぱいにひろがった。

ベネデッタ・カレッタはイタリアの若手女性ヴォーカリストだが、セリーヌ・ディオンやビヨンセから、エディット・ピアフまで、さまざまなミュージシャンをカバーしている。

艶《つや》やかでのびやかな彼女の声にはすごく癒《い》やされる。

びっくりするような美声の持ち主だが、びっくりするほどの美貌《びぼう》も兼ね備えている。

リビングの椅子に座って夏希はシェリーをグラスに注いでひと口やった。

このまま飲んでいたかったが、調理を続けなければならない。

今夜のパスタはとてもではないが、まともにできそうもなかった。

【4】＠二〇二一年二月三日（水）

翌朝、パンとベーコンエッグの朝食をとっているとスマホが鳴動した。

ディスプレイを見ると科捜研心理科長の中村一政《なかむらかずまさ》警部の名前が表示されている。夏希の直属の上司だが、朝イチの中村科長からの電話は常にロクな話ではない。

「真田、横須賀《よこすか》署に捜査本部《ちょうば》が立った。殺人《コロシ》だ。福島一課長のお呼びだ。捜査会議は九時からだ。遅れるなよ」

中村科長の無愛想な声が耳もとで響いた。いつものことで驚かない。

「あの、どんな事件なんでしょうか？」

「男の遺体が横須賀市内の海岸に漂着したんだ。本部では事件性があると考えている。詳しいことは捜査本部で聞いてくれ」

「はぁ……わかりました」

毎回この程度しか教えてくれないので、夏希もあえて問いを重ねず電話を切った。

だが、夏希が呼ばれるからには、単純な殺人事件ではないはずだ。

横須賀署は初めて赴く。というより横須賀の街には行ったことがなかった。

夏希はスマホを取り出して経路を調べた。

「横須賀駅からは遠いのか……」

JR横須賀線の横須賀駅が市の中心かと思い込んでいたが、むしろ京浜《けいひん》急行の横須賀中央駅の周辺に市街が形成されていることがわかった。横須賀市役所も横須賀署も最寄り駅は横須賀中央だ。

興味を持って調べると、横須賀線の横須賀駅は戦前に横須賀鎮守府などの海軍関係施設へのアクセスのために開設された駅であるらしい。

横浜市営地下鉄ブルーラインを上大岡《かみおおおか》で乗り換えると、三〇分と少しで横須賀中央に着いた。

自然豊かで淋《さび》しい舞岡だが、交通アクセスの面からは意外と便利な場所にあるのだ。

駅からは徒歩一〇分ほどの、横須賀新港ふ頭の根元に建つ真新しい五階建てが横須賀警察署だった。

海の方向から潮の香りを乗せたさわやかな風が吹いてくる。

横須賀警察署は二〇一五年に、小川町《おがわちょう》という横須賀中央駅の近くから、新港町《しんこうちょう》のこの場所に移転してきた。

エレベーターで講堂のある五階に上る。講堂の入口には「荒崎《あらさき》海岸男性殺人事件特別捜査本部」と墨書された紙が貼ってあった。

荒崎海岸がどのあたりなのかはわからないが、三浦半島の海岸線のいちばん長い距離を有するのは横須賀市だ。市内管轄区域の海岸で事件が起きたのだろう。

「おはようございます」

講堂に入ると、すでに七〇人近い捜査員が集まっていた。かなり大がかりな捜査態勢が敷かれているようだ。

「あ、真田さん、ご苦労さまです」

近づいてきたのは、警備部管理官の小早川秀明《こばやかわひであき》だった。

夏希と同年輩のキャリア警視だが、秀才らしい容貌とは裏腹にドルオタの側面も持つ人物だ。

「あれ、小早川さんもご参加ですか」

事件にテロ的な要素がなければ、小早川管理官が参加することはない。

「ええ、犯人と思《おぼ》しき者から、変なメッセージが届いたんですよ」

やはりそうだった。犯行宣言があると、上層部はテロとみなす傾向がある。

い。


「そんなことじゃないかと思っていました」

「今回も真田さんの出番ですよ」

初めて会った頃は夏希に敵対することも多かったが、最近の小早川は至って調子がよい。

「あんまり期待しないでください。ところで、佐竹《さたけ》さんは？」

刑事部管理官の佐竹義男《よしお》警視が見当たらない。

夏希が呼ばれた捜査本部ではいつも佐竹が出張っていた。

「佐竹さん、別の捜査本部に引っ張られちゃっているんですよ。金沢《かなざわ》署管内でも殺人事件が発生しましてね。そうだ、真田さん、芳賀《はが》管理官は初めてでしたね」

「はい、存じ上げません」

「ご紹介しますよ」

スーツを着た私服捜査員と立ち話をしている女性のところに、小早川は夏希を引っ張っていった。

「芳賀管理官、真田分析官です」

小早川の声に女性が夏希のほうへ向き直った。

ネイビーのパンツスーツをびしっと着ている芳賀は四〇代前半くらいだろうか。

細面で鼻筋が通ったなかなかの美形である。中背で筋肉質だが、すらっとした体形でスタイルはよい。

ふわっと下ろしたミディアムの髪は、落ち着いたブラウンに染めている。警察官というよりは、大企業で責任ある地位に就いて精力的に部下を引っ張っている女性といった雰囲気だ。

「はじめまして、真田夏希です」

夏希はにこやかに頭を下げた。

「管理官の芳賀です」

芳賀管理官はかるくあごを引いた。

刑事部の管理官は警視だが、キャリアが就くことはない。優秀な刑事出身者が多い。四〇代前半のノンキャリアが警視という階級に就くのはなかなか大変だ。

「あなたが刑事部随一の頭脳と呼ばれてる方ね」

芳賀管理官は夏希の目をじっと見据えた。

眼光の鋭さに夏希はちょっと身を引くほどだった。

「いえ、そんなのは根も葉もない噂です」

夏希は顔の前であわてて手を振った。

「でも、真田さんは博士号を持っているそうね」

夏希の顔をじっと見て芳賀管理官は訊《き》いた。

「はい、神経科学で……」

「そんな学者さんがなんで刑事部なんかにいるの？」

興味深げに芳賀管理官は尋ねた。

「まぁ、いろいろとありまして」

勤務医をやめ、特別捜査官試験を受けたいきさつはひと言では説明しにくい。

「真田さんは精神科の臨床医もしてたんですよ」

小早川が誇らしげに言った。

「へぇ、そうなの、たのもしいじゃない」

皮肉な口調ではなかった。

「臨床経験が役に立つと思うこともあります」

「それは大変に結構なこと。今回はじっくりあなたの優秀さを見せて頂きますね」

芳賀管理官は涼しげな笑みを湛《たた》えた。

だが、目が笑っていない。

夏希は芳賀管理官に気圧《けお》されている自分を感じていた。

「そうそう、小早川さん、ちょっと相談したいことがあるんだけど」

芳賀管理官は小早川に向き直った。

「はい、なんでしょうか」

小早川は恭敬な態度で答えた。

この会話を潮に夏希は芳賀と小早川のふたりの管理官から離れた。

若い男女のペアが近づいてきた。

「真田さん、おはようっす」

「おはようございます」

捜査一課の石田《いしだ》三夫《みつお》と小堀《こぼり》沙羅《さら》、ふたりの巡査長のコンビだ。

「お正月にはいろいろとありがとうございました」

夏希は親切に面倒を見てくれた石田に礼を言った。

「いやぁ、別に俺はなにもしてないです」

この件についての石田はなぜか謙虚だ。

「沙羅さんとまだコンビ組んでるのね」

「嫌だなぁ、ふたりを引き離さないでくださいよ」

石田はふざけて口を尖《とが》らせた。

「まだまだ石田さんから勉強したいことがたくさんありますから」

沙羅はまじめな顔で答えた。

「まぁ、俺が教えられることなんてあんまりないんですけどね」

なるほど、石田は沙羅の前では謙虚な姿勢を見せているようだ。

「そうだ、おまえが人に教えるなんて百年早い」

ベージュのくたびれたスーツを着た中年男が歩み寄って石田の後頭部をはたいた。

「痛《い》てぇなぁ。なんですか、加藤《かとう》さん」

石田は大仰に叫んだ。

江《え》の島《しま》署刑事課の加藤清文《きよふみ》巡査部長だった。

いい加減なように見えて、こころに熱い情熱を秘めた刑事である。

石田は、後頭部をわざと大げさにさすり続けている。

「加藤さんも応援ですか」

夏希は明るい声で訊いた。

「横須賀署とうちの江の島署は遠いけど、管区は隣接してんだよ。こっちも暇じゃないんだけどな」

加藤は顔をしかめた。

「新しい相方はどうですか？」

「捜一の若い男なんだが、石田なんかよりずっと気が利いている」

そう言いながらも、加藤の顔は淋《さび》しげだった。

「あ、淋しがってる」

夏希は加藤を指さして茶化した。

「真田、だんだん性格悪くなるな。石田の影響か。それとも佐竹か」

加藤はにやにやしながら答えた。

「まぁ、みんなの影響ですね。加藤さんを含めて」

なにも言わずに加藤は肩をすくめた。

「小堀さん、石田からあんまりヘンな影響を受けないでくださいね」

笑い混じりに加藤は沙羅に声を掛けた。

「あ、はい、いい影響だけ受けるようにつとめます」

沙羅はとまどいながらもハキハキとした声で答えた。

加藤は沙羅の顔をじっと見つめた。

「あなた、まじめすぎるんだな。まじめすぎる人間は刑事なんぞになると苦労するぞ」

意外にも加藤は真剣な顔つきで言った。

「はぁ……」

沙羅はどんな返事をしていいのかわからないようだった。

「ま、いいや。石田のことを頼んだぞ」

それだけ言うと、加藤は足早に立ち去った。

「もうすぐ始まりますね」

講堂の時計に目をやって沙羅が言った。

時計の針は九時一〇分前を指している。

夏希はいつものように管理官席の横のテーブルについた。

目の前にノートPCが起《た》ち上がっている。捜査資料やレジュメも配布してあった。

しばらくすると、「起立」の号令とともに捜査幹部が入って来た。

先頭を歩いてきたのはベージュ系のスーツを着た黒田《くろだ》刑事部長である。

次に姿を現したのは明るいグレーのスーツを着た福島一課長だった。

夏希はジュリエンヌのことを思い出して、一瞬、暗い気持ちになった。

最後に制服姿の横須賀署長がゆっくりと入ってきた。

若手の大学教授を思わせる風貌《ふうぼう》の黒田刑事部長はバリバリのキャリア警視長だ。夏希が県警初の心理捜査官として採用されたのも黒田刑事部長の力によるところが大きい。

署長は丸顔の温厚そうな五〇代半ばの男性だった。横須賀署は大規模署なので、署長は警視正だ。

黒田刑事部長は大変に多忙だ。臨席するのはよほどの大事件に限られる。

捜査幹部の紹介の後に黒田刑事部長があいさつに立った。

「昨日二月二日、市内荒崎海岸に男性の遺体が漂着した。検視の結果、絞殺された疑いが濃厚となった。被害者は元衆議院議員であり、世間の注目を集める事件となることは確実だ。また、昨夜深更に犯人を名乗る者からSNSに犯行声明が投稿された。詳しくは後で説明してもらうが、犯人は次の犯行を予告している。非常にゆゆしき事態と言わざるを得ない」

黒田刑事部長は講堂全体を見まわして朗々と言い放った。

出たぁと思った。夏希が捜査本部に呼ばれるのはこの手の事件だ。

「現在は遺体漂着しか記者発表していないため、SNSの犯行声明についても多くの県民はイタズラと考えているふしがある。だが、殺害の事実を発表すれば、次の犯行予告がある以上、混乱が生ずるのは明らかだ。県民の安寧のためにも一刻も早い犯人の検挙が必要だ。本部長はわたし、横須賀署長が副本部長となる。わたしはこの本部には常駐できない。捜査主任の福島捜査一課長に直接の指揮をお願いしたい」

黒田刑事部長が福島一課長に振った。

「それではわたしから事件の背景を説明する。昨日の朝、荒崎海岸に男性の遺体が漂着した。遺体は元衆議院議員の宍戸《しど》景大《かげひろ》さん、四〇歳だ」

夏希は「えっ！」と声を上げそうになった。

宍戸議員はアイドルグループ、オレンジ☆スカッシュの小野木《おのぎ》ゆんに対して性的暴行を働き、あの事件のきっかけを作った男ではないか。

「宍戸さんは神奈川二区選出で二期目の与党民和《みんわ》党副幹事長だった。半年前までは衆議院議員だった人間のために、利害関係を持つ者は少なくないと思量される。第一に議員時代の宍戸さんに恨みを持つ者を確認すべきだ。しかし、ほかにも動機を持つ者が多くいる可能性があり、本件の捜査範囲は非常に広くなるものと予想される。さらにやっかいなことがある。宍戸さんは昨夏、ある未成年者アイドルに対する神奈川県青少年保護育成条例に違反する行為の発覚により議員を辞職していた。この捜査本部にも捜査に携わった者がいるかと思うが、いわゆるオレンジ☆スカッシュ事件だ。立件は見送られたが、本人は荒崎海岸に近い長井《ながい》六丁目の自宅でひっそりと隠遁《いんとん》生活を送っていた。第二にこの事件の関係者も洗う必要がある。また宍戸さんの実父で元《サクラテレビ》会長の宍戸景行《かげゆき》は、長男である景大さんの罪状を隠滅しようと画策して二人の関係者を殺害した事件における殺人教唆の罪で立件されている。この事件の被害者は《サクラテレビ》のアニメプロデューサーであった蜂須賀至郎《はちすかしろう》さん。もうひとりは声優の岩城貞行《いわきさだゆき》さんだ。実行犯の女は収監されているが、宍戸景行は実質上の首謀者と言える」

公判中の本多杏奈《ほんだあんな》のことを思い出すと、夏希の胸は痛んだ。

「教唆犯である父親の景行は、昨秋に勾留《こうりゅう》中の横浜拘置支所内で急性心筋梗塞《しんきんこうそく》を発症し、救急搬送先の病院で死亡している。この殺人事件の被害者周辺に犯人がいる可能性も高い。だが、後で詳しく説明してもらうが、ふたつの方面の関係者に絞り込めない事情もある。現場等も含めて事件認知の推移を、詳しくは芳賀管理官から」

福島一課長が話し終えると、芳賀管理官がさっそうと立ち上がった。

「昨日午前五時六分、釣りに来た周辺地域の住人から一一〇番通報があり、横須賀署地域課員が現場に急行しました。遺体に不審な点があったため、機動捜査隊横須賀分駐所から捜査員が臨場したところ他殺の疑いが浮上しました。検視の結果、頸部の圧迫痕により絞殺と判断されました。遺体は財布と運転免許証を所持しており、免許証から宍戸景大さんと判明しました。同居している妹によれば、二月一日の午後六時頃に『飲みに行く』と告げたまま翌朝も帰宅していなかったそうです。携帯電話もつながらないことから行方不明者届を提出しました。財布には五万円台の現金が入っていたことからも物取りの犯行とは考えられません。スマホは所持していませんでしたが、海中で喪《うしな》われた可能性が高いと思われます」

芳賀管理官はちょっと言葉を切った。

捜査員たちが懸命にメモを取っている。

レジュメは配布されているが、細かい内容は記載されていない。

かるく講堂を見渡しながら、芳賀管理官はゆっくりと口を開いた。

「現時点では殺害現場と殺害日時がはっきりしていません。少なくとも長井の自宅を出た二月一日の午後六時から遺体発見時点の二月二日午前五時六分までの間であることはたしかなわけです。司法解剖の結果が出れば死亡推定日時はある程度はっきりすると思います。長井の自宅と荒崎海岸は直線距離で一キロ程度しか離れていないため、そんなに長時間、海を漂流していたとは考えにくいです。とすれば、死亡推定日時も発見時の二月二日朝に近いものと考えられます」

海中にあった遺体の死亡推定時刻は判断しにくいと聞いている。

講堂左側のスクリーンと夏希の目の前のPCに荒崎海岸付近の地図が表示された。

宍戸景大の自宅は長井漆山《うるしやま》漁港という小さな漁港近くの住宅地にあり、遺体の発見された荒崎海岸までの海岸線は非常に入り組んでいる。地番としてはどちらも横須賀市長井に属している。

「宍戸景大さんはいろいろと問題の多い人物と思量されます。議員時代はあまり表に出なかったのですが、辞職後はたくさんの違法行為をして罪を犯しているおそれがあります。恐喝と脅迫を中心に県警にも被害届が何件か提出されていて、一部の事件は捜査に着手していました。　今回の事件では宍戸さんの周囲の鑑取りがきわめて重要となるものと考えられます」

鑑取りまたは識鑑とは、被害者の人間関係を洗い出し、動機を持つ者を探し出す捜査をいう。

福島一課長の手振りの指示に従って芳賀管理官が着席した。

「本件は大きく分けて三つの筋が考えられるように思う。ひとつは現役議員時代の利害関係による犯行。ふたつ目は昨夏のオレンジ☆スカッシュ事件に対する報復の線。言ってみれば父親の宍戸景行への恨みが息子に対して発せられたという読みだ。もうひとつはいま芳賀管理官が言った本人の違法行為に関する怨恨《えんこん》。いずれにしても殺害場所と殺害日時の特定が第一の課題になると思われる。ところで悩ましいのが、犯人を名乗る者から大手SNSのツィンクルに投稿されたメッセージだ。もし仮に、このメッセージに真実性があるとすると、まったく別の筋を考えなければならない。メッセージについては、小早川管理官に説明してもらう」

小早川が立ち上がると、スクリーンの表示が切り替わった。

――この世に、害悪を、及ぼす悪人どもに、正義の、剣を振るう。まずは、極悪人の、宍戸景大を、絞殺して、第一の、天誅《てんちゅう》を下した。次の悪人に、第二の、天誅を下す。首を洗って、待っていろ。　エクスカリバー講堂内にざわめきがひろがった。

小早川が黙って見まわすと、潮が引くように静まった。

貫禄《かんろく》が出てきたものだなと夏希は感心した。

「このメッセージは昨夜午後一一時四七分に大手SNSのツィンクルに投稿された。荒崎海岸に遺体が漂着した事実が報道されたのは早くとも今朝になってからだ。しかも宍戸であることも、県警が殺害と断定したことも殺害方法についても記者発表していない。このメッセージはいわゆる『秘密の暴露』をしている。従ってイタズラ等ではなく犯人本人の投稿と考えてほぼ間違いがない。犯人は次の犯行を予告している。いずれにしても、もし次の犯行が行われるとしたら、いま福島一課長がおっしゃった通りだが、三つの線には絞れない。エクスカリバーが第二の悪人と称する者との関連を考えなくてはいけなくなる。このメッセージが捜査を攪乱《かくらん》させようという犯人のブラフである可能性も否定できない。そうは言っても、単なるブラフと考えるわけにはいかない。我々としては是が非でも次の犯行を防がなければならない。そのためには、言うまでもなくまずは犯人の特定が第一の課題だ。すでに国際テロ対策室で投稿者の発信元特定作業に入っている。今回の犯人はツィンクルのアカウントを作成しているので、特定しやすいとも考えられる。しかし、昨今はIP等の秘匿方法がひろく知られるようになったため、特定には困難を極めるものと推察される。見ての通り、犯人はエクスカリバーを名乗っている。アーサー王伝説に登場する魔法の剣で、同名映画ほかたくさんのフィクション作品で描かれている。意味するものは正義ということなのだろうが、真意は不明だ。なお、宍戸さんの元議員としての活動に対しての犯行だとすると、破壊活動防止法と団体規制法に規定する暴力的破壊活動を行うおそれのある調査対象団体を捜査の対象にする必要がある。極右、極左、旧オウム真理教などが関与している可能性も捨てきれない」

小早川は重々しい調子で言うと、おもむろに腰を下ろした。

代わって芳賀管理官が立ち上がった。

「メッセージの投稿時刻からエクスカリバーを被疑者として断定してもかまわないと思います。福島一課長と小早川管理官のお言葉から捜査の方向性をまとめてみました。お手もとに配布したレジュメを見て下さい」

[A] 宍戸景大さんの議員としての利害関係からの犯行。

→議員時代に利害関係のあった者、ならびに極右、極左、旧オウム真理教等の捜査。

[B] 宍戸景大さん個人の犯罪的行為に対する怨恨。

→宍戸景大さんに脅迫・恐喝されていた被害者の鑑取り。

[C] オレンジ☆スカッシュ関連。蜂須賀至郎さんと岩城貞行さんを宍戸景行に殺され

た怨恨。

↓蜂須賀至郎さんと岩城貞行さん周辺の鑑取り。

［D］第二の事件が発生した場合。

↓宍戸景大さんと第二被害者の関連を鑑取り。

「現時点では、Dの捜査に着手する必要はありません。Aの筋についての政治的な側面の捜査は警備部を中心に行って頂きたいのですが」

芳賀管理官が確認すると、小早川はうなずいて答えた。

「了解です。政治・思想的な背景を持つ者についてはこちらで対応します」

かるくあごを引いて芳賀管理官が続けた。

「本部捜査一課と所轄刑事課の捜査員の鑑取りについては、BとCのふたつの班に分けます。Aに関連していても政治的色彩のない関係者についてはB班が担当します。さらに本件では鑑取りが多岐にわたるため、地取り捜査がきわめて重要となるものと思われます。地取り班には半分の捜査員を割きます。地取り捜査は長井六丁目の宍戸景大さんの自宅中心に行います。また、横須賀海上保安部にも捜査員を派遣して荒崎海岸に漂着する可能性のある遺体遺棄地点を解明する必要があります。潮流について専門的な意見を求めるのです。以上が刑事部の捜査の方向性になります」

芳賀管理官に代わって小早川が立ち上がった。

「Aについては警備部が主体となって捜査する。また、SNSに投稿されたエクスカリバーのメッセージに対してはすでに多くの反応が見られる。リプライを解析し、事件に関連のありそうな投稿をした者をチェックする必要がある。ネット関係にも若干の捜査員をあてる。もちろん国際テロ対策室と連携して犯行メッセージ投稿者の発信元の特定にも傾注する」

小早川が座ると、夏希は頭が痛くなってきた。動機を持つ可能性のある者があまりにも多すぎ、また多岐にわたっている。

「では、いま芳賀管理官と小早川管理官が説明したとおりの方針で捜査を進める。捜査一課と所轄刑事課の捜査員は地取り班と鑑取り班に分かれて、鑑取り班はBとCの捜査に当たってくれ。仕切りは芳賀管理官、Aについて政治的な関係者とネット関係については警備部の小早川管理官に仕切りをお願いする。それでは両管理官に従って班分けを開始してくれ。わたしからは以上だ」

福島一課長が黒田刑事部長の顔を見た。

「メッセージが捜査を攪乱するためのブラフであることを祈るばかりだが、これ以上の犯行は絶対に防がなければならない。全捜査員が連携を深め、一丸となって犯人を検挙し、一日も早く神奈川の安寧を取り戻してもらいたい」

黒田刑事部長の力づよい言葉で第一回の捜査会議は終わった。

早足で黒田刑事部長と横須賀署長が退出した。

講堂の後方で班分け作業が行われている。

夏希は幹部席のまわりに誰もいないのを見計らって福島一課長に歩み寄って頭を下げた。

「福島一課長、先日はありがとうございました」

「その後、とくになにもないんだね」

福島一課長は、やわらかい声音で訊《き》いた。

「それが……昨晩もまた一体送りつけられました」

「本当か。またわたしの名前を使ってなのか」

福島一課長は目を見張って尋ねた。

「そうです。同じショップから福島さんの名前で届きました。今度は《お出かけジュリエンヌ》という商品ですが、かつてわたしが着たことのあるファッションと酷似しています。どうやら犯人は以前からわたしに目をつけていたようにも思われます」

「うーん、どうしたものか」

腕組みをしつつ、福島一課長は低くうなった。

「でも、こんな事件が起きてしまっては、人形どころではないですね」

「実は横浜の金沢区でもコロシがあってね。わたしはこれからそっちの捜査本部にも顔を出さなきゃならないんだ」

福島一課長は顔をしかめた。

「金沢区の事件のことはちょっと伺いました」

「昨日も言ったように人形のほうの立件は難しいが、新たなアクションがあったら遠慮せずに電話しなさい」

福島一課長はスーツのポケットをゴソゴソやって名刺を取り出して夏希に渡した。

「わたしの携帯番号が書いてある」

「すみません、なるべくご迷惑はお掛けしないようにします」

「真田は有名人だから大変だな。では、わたしは失礼するよ」

福島一課長は席から立ち上がった。

「ありがとうございます」

福島一課長はかるく右手を上げて出ていった。

しばらくすると、捜査員たちは次々に講堂を出て行った。

石田が近づいてきた。

「今日はカトチョウと組まされました。また運転手役ですよ」

憮然《ぶぜん》とした顔で石田は唇を突き出した。

「ええ？　小堀さんは？」

「わたしは捜査本部の連絡要員を命ぜられました」

かたわらの沙羅は肩をすぼめてしょげ顔になった。

「捜査一課の刑事を連絡要員に？」

夏希は驚きの声を上げた。

「はい、迅速な解決が要求されている重大事件だから、新米を学ばせる余裕はないって」

沙羅は声をひそめた。

「そんな……重大事件だからこそ、現場で学ぶよい機会だと思うけど」

夏希は横目で芳賀管理官を見た。

芳賀管理官は講堂の後方で私服捜査員の一人と談笑している。

「おい、石田、いつまで油売ってるんだ」

加藤が出口のところで声を張り上げた。

「へいへい、いま参ります」

石田は夏希たちにちょっとあごを引くと小走りに出口へと向かっていった。

「では、わたしはあっちに行って任務に就きます」

沙羅は頭を下げると、各種の無線機や固定電話が並んでいる窓際へと去った。

夏希は捜査資料に目を通した。

やはり動機を持つ者が多すぎる。七〇人態勢とは言え、決してじゅうぶんな人員とは言えないだろう。

小早川と芳賀の両管理官が夏希に近づいてきた。

「真田さん、エクスカリバーのメッセージをどう読み取りましたか」

小早川が親しげな笑みを浮かべて訊いてきた。

「そうですね……皆さんがお読みになってもすぐおわかりかと思いますが、特徴的なことがひとつあります」

「ヘンにブツブツと切れた文章ですね」

小早川は眉《まゆ》をひそめた。

「これって、いわゆる『おじさん構文』の雰囲気があるわね」

芳賀管理官は腕組みしてPCの画面を覗《のぞ》き込んでいる。

「さすがですね、芳賀管理官」

「芳賀さんでいいわよ。やっぱりそうなのね」

素っ気ない調子で芳賀管理官は言った。

「おじさん構文と呼ばれる文章にはいくつかの特徴があります。そのひとつがこのメッセージのように読点が多い文章です」

「そう言えば真田さん、前にも言っていましたね」

小早川は思い出したらしい。

「ええ、若い人はSNSを中心に句読点をあまり使わない傾向があります。おじさん構文は、さらに絵文字の多用などいくつかの要素があり、なかでも女性に対する下心を持ちながらストレートに感情を表現せず、自己防衛のための婉曲《えんきょく》表現を用いるなどの特徴が顕著です。このメッセージはおじさん構文というより、むしろSNS等を使い慣れていない高齢者の投稿文に酷似しています」

夏希の言葉に芳賀管理官は口もとに笑みを浮かべた。

「おじいさん構文というわけね」

「でも……」

夏希は言いよどんだ。

「どうしたの？」

芳賀管理官は眉根を寄せた。

「ちょっと典型的に過ぎるんですよね。読点の打ち方にもパターンを感じますし、なにか作為的な気がするんです」

「つまり偽装だと言いたいのね？」

疑わしげな芳賀管理官の口調だった。

「たとえば若い人がわざと老人っぽい言葉を使っているということですか」

小早川も意外そうな声を出した。

「いや、断定できることではありません。あくまでもそうした可能性があるということです」

自信があるわけではなかった。

「たしかにこのメッセージを投稿した者は、発信元を偽装しています。ＳＮＳに不慣れな高齢者というイメージとは合致しませんね」

小早川は鼻から息を吐いた。

「それ以外になにか感じたことある？」

たいして期待していないような芳賀管理官の声だった。

「読点以外にも、かなり年輩の人のような文体を使っていますね。七〇代くらいに見えます」

「そう言えば、エクスカリバーという映画は何度か作られていますが、いちばん有名なのは一九八一年の英米合作映画ですね。およそ四〇年前だから、若い人は生まれてないなぁ」

小早川が納得したように言った。

芳賀管理官はうなずいた。

「わたしもエクスカリバーという言葉自体を知らなかった」

夏希も実は知らない言葉だった。

「もっとも、聖剣としてのエクスカリバーは、現在もゲームなどにはよく登場しますけどね」

小早川は知っていたようだ。

「まぁ、真田さんの見解が正しいかどうか、そのうちにわかるわね」

突き放すような芳賀管理官の声音だった。

「さて、真田さんにはこの投稿に対してリプライをつけてもらいたいんですよ。現時点ではエクスカリバーはDMを受け付けない設定にしています」

小早川があらたまった声で言った。

「こっちにDMを送ってほしいというメッセージですね」

「そうです。DMに引きずり込まなきゃ始まらないですからね」

県警本部の相談フォームで連絡をとってくる犯人に対しては、こちらからレスを入れることができる。相手のメアドが生きている場合に限られるが。

相談フォームのレスは、ほかの者に見られるおそれはない。

だが、ツィンクルのメッセージにリプライを入れれば、世間に公開することになる。

下手なことは書けないので緊張感が高まる。

しかも、気心の知れぬ芳賀管理官がかたわらで見ているのだ。

夏希はしばし考えてからキーボードに向かった。

——エクスカリバーさん、はじめまして。神奈川県警のかもめ★百合《ゆり》です。あなたとお話ししたいです。このアカウントにダイレクトメッセージをください。

「ずいぶん弱気じゃないの」

芳賀管理官は渋い声を出した。

「いつもこんなトーンですよ」

小早川がなだめるように言った。

「犯人に対しては協調的な態度をみせたほうがいいんです。上から目線のような態度は避ける必要があると思います」

夏希は自分の考えをそのまま口にした。

「それが精神科医としての専門的見地からの見解なのね」

芳賀管理官の言葉にはどこかトゲがあった。

「カウンセリングの基本です」

夏希の言葉に芳賀管理官はちょっと顔をしかめた。

「わたしはカウンセリングの勉強をしたことはないからね。反応があるといいわね」

皮肉っぽい調子で言って、芳賀管理官は自分の席に戻った。

小早川は夏希の正面の席に座り、反応を待った。

そう簡単に反応があるとは思えなかったが、やはりいつまで経っても梨のつぶてだった。

──おお、かもめ★百合の姐《あね》ゴ登場！
──さぁて、おもしろくなってきやがった
──じ、じ、じ、じ、事件です！

逆に、無関係なリプライがどんどんついていく。

「クソリプの解析が大変だな」

小早川は苦笑いを浮かべた。

しばらくすると、沙羅が近づいてきた。

お茶の入った紙コップが並べられた木製のトレーを胸の前に掲げている。

「さんきゅ」

「ありがとうございます」

夏希も小早川も紙コップに手を伸ばした。

「何の動きもないんで、ヒマなんですよ」

沙羅は小さな声で言った。

芳賀管理官は後方のがらんと空いたテーブルの島に書類をひろげて読み入っている。

「捜査に出たいよね」

冷たいお茶を口にしてから、夏希は声をひそめて答えた。

「ええ……」

沙羅はしょんぼりとうなずいた。

芳賀管理官はどうして沙羅を捜査本部に留《とど》めているのだろう。

捜査一課に来たばかりの沙羅には学ばせることがたくさんあるはずだ。

だが、捜査一課内の人員の割り振りに夏希が口を出すわけにはいかない。

「そうだ、小堀さんと小早川さんに聞いてもらいたい話があるんだ」

話題を変えたかったのもあるが、夏希はふたりに自分の不安を訴えたかった。優秀な頭脳を持つ小早川や、同じ女性である沙羅ならなにかわかるかもしれない。

「なんでしょう」

「聞かせてください」

ふたりは夏希の顔を見て身を乗り出した。

「実はね、一昨日《おととい》からおかしなものが送りつけられてるの……」

夏希は《ジュリエンヌ雪の女王》と《お出かけジュリエンヌ》が届いた経緯と、福島一課長に確認したことを話した。

「うわっ、キモっ」

沙羅が眉間《みけん》にしわを寄せて叫んだ。

「キモいでしょ？」

「人形を送りつけてくるなんて最悪じゃないですか」

沙羅は吐き捨てるように言った。

「そうでしょ、月曜この方、わたしの気分は最低だから」

沙羅は夏希の不快感に共感してくれる。

福島一課長も織田もやさしくいたわってくれてありがたかった。しかし、この気持ち悪さに共感してくれたのは沙羅だけだった。

「だけど、人形は問題のない新品なんでしょ？　ファンからのプレゼントなんじゃないんですか」

小早川は寝ぼけたことを言っている。

「管理官、お言葉を返すようですが、それは違うと思います」

沙羅は珍しく警視である小早川に楯突《たて》いている。

彼女は警察内の階級差には人一倍気を遣うタイプだ。

「いや、そうねぇ」

小早川はあわてたように答えた。

「なんでファンが偽名を使うんですか。ファンなら偽名にせよ、自分を認識してほしいと願うはずです。福島一課長の名前を使ったりしないはずです」

沙羅は畳み掛けるように言った。

「そうだよなぁ……」

小早川は頭を掻《か》いた。

「わたしの友だちの話ですけど、同じ大学サークルの親しくない先輩から、いきなりハイブランドのTシャツをプレゼントされたんですって。その子、瞬間で袋ごとゴミ箱に直行させましたよ」

沙羅は激しい言葉を叩きつけた。

「もったいない、ブランドTシャツなら、もらっときゃいいじゃないの」

ぴんと来ないような小早川の顔だった。

「いや、あり得ないですよ」

口を尖《とが》らせて沙羅は言った。

「わかる！　恋人でもないのに肌につけるものをプレゼントするなんて、絶対にあり得ない」

夏希は沙羅の友人の気持ちが痛いほどわかった。

自分だって同じことをしただろう。

ジュリエンヌを捨てていないのは、立件するための証拠としたいからだ。

「それにサイズを想像されるっていうのも不気味ですよね」

沙羅は思い切り顔をしかめた。

「そうかぁ、Tシャツはダメかぁ」

小早川はまだ納得していないようだ。

どうも男性には、この気持ち悪さが伝わりにくいようだ。

「ダメですよ。靴なんてもっとダメ。でも、管理官。人形はもっともっとダメです。最悪にフェチっぽいです。だから、真田さんの気持ち悪さ、よくわかります」

いきり立って沙羅は続けた。

「人形はフェチっぽいのか」

不得要領に小早川はうなずいた。

「わかって頂けてよかったです」

　まじめな表情で沙羅はほほえんだ。

「福島一課長の名前は、正月のテレビでも放映されちゃいましたからね。しかし、なぜ一課長の名前を使ったんでしょうかね」

　この小早川の疑問に、いつの間にか夏希は答えがわかっていた。

「たぶん、わたしに箱を開けさせるためじゃないですか」

「あ、そうか。たしかに」

　小早川はぽんと手を打った。

「もし知らない人の名前だったら、箱は開けないで科捜研に持ち込みますよ」

「そうですねぇ。自分に置き換えてみると、よくわかります」

　沙羅は大きくうなずいた。

　そのときだった。

「本当なの！」

　誰かの電話をスマホで受けていた芳賀管理官が大きな声を出した。

　講堂内に残っていた数名はいっせいに芳賀管理官に注目した。

「わかった。継続して鑑取りをおこなってちょうだい」

　芳賀管理官は電話を切ると、夏希たちのテーブルへと歩み寄ってきた。

　表情がイキイキとしている。

「なにがあったんです？」

小早川が気短に訊《き》いた。

「有力重要参考人が浮かび上がってきたのよ」

芳賀管理官は管理官席に座って、夏希たちを見まわした。

「なんですって！」

夏希は思わず叫んだ。

「被害者の宍戸景大さんのまわりを洗ってたB班の捜査員が調べてきたんだけどね。宍戸さん、いや宍戸のために事業を潰《つぶ》された男がいるのよ。長沼宗雄《ながぬまむねお》という五五歳の飲食店経営者。被害届は出ていないけど、その男が二月一日から行方不明になってる」

テンション高めの芳賀管理官の声が響いた。

「それは間違いなく有力な被疑者ですね」

小早川は大きく身を乗り出した。

「どこに住んでいた男なんですか」

夏希の声も弾んだ。

「市内の佐島《さじま》という場所。海沿いのレストランよ。住居も併設されていた」

芳賀管理官はにこやかに答えた。

「長井にある宍戸の自宅の対岸ですね。直線距離だと二キロほどだ」

小早川はさっとスマホで調べた。

「捜査は仕切り直しよ。午後イチで捜査会議を開く。戻れる捜査員には全員戻ってもらう」

張りのある声で芳賀管理官は言った。

両目が精力的な輝きを見せている。

犯人に近づけたときの刑事は獲物を見つけたときの猟犬のようなエネルギーを放ち出す。

「捜査会議は何時からですか」

沙羅が訊いた。

「一時半からにしましょう。小堀、連絡要員全員に伝達っ」

「了解です」

張り切った声を出すと、機敏に沙羅は窓際に向かって走り始めた。

「今回はわたしの出番はないかもしれませんね」

夏希は陽気な声で言った。新たな展開に夏希はいささか興奮していた。

ツィンクルの返事は来ないままだった。

第二章　エクスカリバー

【1】＠二〇二一年二月三日（水）

午前一一時まであと少しというときだった。
目の前のノートPCから着信アラームが鳴り響いた。
ツインクルのDM欄にメッセージが届いたのだ。
隣の管理官席の小早川が立ち上がって歩み寄ってきた。
夏希はディスプレイを覗《のぞ》き込んだ。

——私と、話したいのか。

返信はたったそれだけだった。

「答えてください。相手が本当にエクスカリバーなのか確認しましょう。荒崎海岸事件について」

小早川はちょっとうわずった声で言った。

夏希の全身に緊張が走った。

無言でうなずいて夏希はキーボードに向かった。

——はい、お話ししたいです。

——君は誰だ？

——わたしはかもめ★百合本人です。

——そうか、本人なのだな。私はエクスカリバーだ。

ツィンクルのこのDM欄は世間に向かって開かれている。

誰が送信することも可能なわけだから、何者かがエクスカリバーを名乗っているおそれもある。

——ごめんなさい。まず、あなたが本当のエクスカリバーさんかどうかを知りたいです。

——疑っているのか。まぁ、仕方あるまい。ここは誰でも送信できるからな。なんでも、訊《き》いてくれ。

相手は機嫌を損ねているようすはない。

——すぐに答えて下さいね。宍戸景大さんは当日、どんな服を着ていましたか。

夏希は捜査資料から、遺体が着ていた洋服に関するページを見ながら質問した。

——レザージャンパー……フライトジャケットという服だ。下はジーパン。

たしかに言うとおりの恰好《かっこう》だ。宍戸はA－2と呼ばれるタイプのレトロな茶色いレザーのフライトジャケットを着ていた。第二次世界大戦中に米軍の戦闘機乗りが着ていたモデルのレプリカだ。

だが、遺体漂着現場を見ていただけかもしれない。着ている服はある程度距離を隔てていてもわかるだろう。夏希は第二の質問を続けた。
――正解。では、宍戸さんはどんな財布を持ってましたか？
――財布？　そんなものは知らない。私は物盗《ものと》りではない。
これも正しいが、あてずっぽうに言うこともできる。
いよいよ核心に近い質問をぶつけることにした。
――正解。それでは宍戸さんの首をどんなひもで締めましたか。
――指くらいの太さの綿縄だ。
太さについては資料にあるとおりだ。
縄自体は回収されていなかった。
綿縄かどうかは断定されていないが、これはさすがに犯人でなければ答えられない。
「本物のエクスカリバーですね」
隣に立つ小早川の声が震えた。

芳賀管理官と沙羅も近くにやってきた。

——質問などして大変失礼しました。あなたは本当のエクスカリバーさんですね。

——テストに合格したようだな。それで、かもめ★百合殿は私に何の用だ。

——もうこれ以上、悲劇を繰り返さないでください。それを言いたいのです。

——はい、そうですか、と答えるとでも思っているのか。

——あなた自身も苦しくなると思うのですが。

——心配して頂かなくてけっこうだ。

まったく感情をあらわさない、対話しにくい相手だ。

エクスカリバーから少しでも多くのものを引き出さなければならない。

夏希は頭を悩ませながら、キーボードを叩《たた》いた。

——あなたは宍戸景大さんにどんな恨みがあったのですか？

——やがて明らかになる。宍戸は許せない悪事を重ねた。

——宍戸景大さんに個人的な恨みがあるのですか。

——個人的な恨みなどはない。正義を実行しているだけだ。

——もしあなたがいまなにか悩みを抱えているのなら、お話し頂ければ嬉《うれ》しいのですが。

——悩みなど抱えていない。繰り返すが、私は正義を実行しているだけだ。

——あなたの正義はどんな正義ですか？

——世の極悪人を処刑する。それが正義だ。

——これからも正義を実行するのですか。

——そうだ、極悪非道な人間たちを次々に血祭りに上げる。
——なぜ宍戸さんを最初に選んだのですか？
——あの男の罪が最も重いからだ。
——それはどんな罪なのですか。
——やがて明らかにする。
——なぜ教えてくれないのですか？
——次の処刑に差し障りがあるからだ。
——申し訳ないですが、意味がわかりにくいです。詳しく話してください。
——私がその罪を明かしたら、警察は次のターゲットを探し当てるかもしれない。そうすれば、君たちはそのターゲットを警護するはずだ。それでは正義の実行に支障が出る。

——つまり、あなたが次のターゲットとしている人は、宍戸景大さんと同じような罪を犯しているのですね。

——そういうことだ。宍戸と同類の極悪人だ。ヤツと同じように天誅《てんちゅう》を下す。罪なき者を不幸に陥れた者がぶざまな姿で苦しんで死ぬのを楽しみに待っていろ。

——もう一度言います。もうこれ以上、悲劇を繰り返さないでください。

——ほかに言うことはないのか。それならこれで終了とする。

——ちょっと待って下さい。

あわてて呼びかけたが、それきり反応はなかった。

「だめです。反応が消えました」

夏希は小早川たちに向き直って言った。

「正義の実行と言い続けていましたね」

小早川は夏希の顔を見て言った。

「ええ。ですが、この正義の実行という言葉に、どこまでの真実性があるのかは難しいところです」

夏希は気負わずに静かな声で答えた。

「偽言だというのですか」

小早川は眉間《みけん》にしわを寄せた。

「わたしが対話したなかで、正義を口にする犯人は何人めでしょうか。過去に扱った事件で、正義を口にした者はたいていほかの目的を隠し持っていました」

夏希は過去の記憶を辿《たど》った。

「そうですね。シフォン◆ケーキも、レッド・シューズも正義を標榜《ひょうぼう》していましたが、それぞれきわめてエゴイスティックな動機による犯行でした」

小早川はしきりとうなずいた。

「わたしはそのふたつの事件の捜査の経緯はよく知らないけど……じゃあ、正義の実行というのは名目だということ？」

芳賀管理官がねちっこい調子で訊《き》いた。

自分が携わっていない事件について、小早川がしたり顔をするのが気に食わなかったらしい。

「名目とまで言い切るのはどうかと思います。ですが、言葉通りに受け取ることもできないと感じました」

　夏希は平板な調子で答えた。

「たしかに、もし長沼宗雄が真犯人だとすれば、完全に個人的な怨恨《えんこん》ね。正義の実行じゃない」

　納得したように芳賀管理官はうなずいた。

　夏希は長沼宗雄が犯人という仮説に違和感を覚えていた。

　だが、午後の捜査会議で詳しいことを聞くまでは、うかつなことは言えないと感じて口をつぐんだ。

　沙羅はいつの間にか、真剣な表情で夏希の発言をメモしている。

　彼女はまじめだな、とあらためて思った。

「ひとつだけはっきりしたことがあります」

　夏希はまわりの人々の顔を見まわして言葉を発した。

「なんですか」

　小早川は夏希の顔を見て訊いた。

「最初のメッセージの文体は、意図的に読点を多くしていたものと思われます」

「なるほど、いまの対話はぶつ切りじゃないな」

　小早川はあらためてディスプレイに見入った。

「おそらくは高齢者を偽装していたのでしょう。いまのやりとりではその余裕がなかったために、偽装ができなかったのではないでしょうか。文法的には間違いがなく、頭脳レベルは低いとは思えません。ですが、感情をほとんど見せない淡々とした文体で、非常に個性が乏しいです。自分の正体を覆い隠そうとしていると感じました。あるいはエクスカリバーは、高齢者とは正反対の存在かもしれません」

言葉にしているうちに、エクスカリバーが自分を高齢者と見せようとしていることが夏希のなかで確信に近いものとなった。

「長沼は五五歳だけどね」

芳賀管理官は素っ気ない調子で言った。

「そうですね……いまの段階では、メッセージから年齢は読み取れません。ただ、極端な高齢者ではないと思います。むしろ、ネットに精通していて高齢者の文体などもよく把握している人間かもしれません」

これ以上は完全に予断になってしまう。

夏希はメッセージの向こうに隠れたエクスカリバーの真の姿をあぶり出したい気持ちに駆られていた。だが、相手が次の犯行を予告している以上、かなりの冒険となるだろう。

「まぁ、午後の捜査会議で長沼についての捜査の進捗《しんちょく》状況がわかるはずよ」

芳賀管理官は靴音を鳴らして歩み去った。

「真田さん、勉強になりました」

沙羅はきまじめに頭を下げた。

「まだ、なにもわかってないよ」

夏希は顔の前で手を振った。

「いいえ、メッセージから犯人の特徴をつかむメソッドの具体例を拝見できてよかったです」

にこやかに沙羅は笑った。

邪気のない沙羅の笑顔は強力だ。

この笑顔を向けられたら、男のみならず女もつい口が軽くなるのではないか。

芳賀管理官は、捜査一課でもほかにない秘密兵器を手もとに置いて温存したいのかもしれない。

「エクスカリバーが自分を覆い隠そうとしていることしかわからなかった。すべてはこれからだよ」

夏希は自分のこころに言い聞かせた。

着信アラームは鳴りをひそめていて、夏希は手持ち無沙汰《ぶさた》になった。

捜査会議は一時半からなので、外へ食事に行く余裕もあった。

近くにいくらでも飲食店やコンビニがあるからなのか、今日は仕出し弁当は用意されていない。

「小堀さん、どこかでお昼食べる？」

だが、沙羅はちいさく首を横に振った。

「わたし、お弁当作ってきちゃったんです」

「あ、そうか。ここって店屋もん頼めるよね？」

ひとりで外へ食べに行く気にはならなかった。いつの間にか小早川の姿は消えていた。

「わかりました。どこでとれるか訊いてきますね」

沙羅はいそいそと立ち上がって電話へ向かった。

結局、夏希は近くのそば屋の天丼をとってもらうことにした。

講堂の後方のがらんとしたテーブルで、夏希と沙羅は並んで昼食をとった。

お茶は沙羅が淹《い》れてくれた。

他人の弁当を覗《のぞ》き込むのは失礼とは思ったが、夏希は自分を抑えられなかった。

「すごいね！」

夏希は目を見張った。

沙羅の弁当は何種類ものおかずの入ったしっかりしたものだった。

焼き鮭、肉団子、玉子焼、きんぴらごぼう、ひじきの煮物、かぼちゃの煮物などがぎっちり詰まっている。

「でも、完全に和風なんだね」

母親がフランス人だから、バゲットサンド弁当かなにかだと思っていた。

「父方の祖母から習ったんです。母はこういうの作れませんから」

沙羅は照れたように答えた。

夏希の祖母は、父方も母方ももうこの世にいない。

沙羅の歳だとまだ元気なのだろう。

弁当を作ってくるこころの余裕はなかなか持てないが、夏希はちょっと反省した。

少しは栄養バランスを考えた食事をとらなければならない。

食事を終えてしばらくすると、午後の捜査会議が始まった。

幹部席には横須賀署長ひとりだけが座った。

黒田刑事部長はもちろん顔を見せてはいなかった。福島一課長も金沢区の捜査本部から手が離せないのだろう。

講堂には五〇名ほどの捜査員が戻ってきていた。遠方に出ている捜査員は間に合わなくて当然だ。加藤と石田コンビの姿は見えなかった。

すぐに芳賀管理官が立ち上がった。

「捜査に大きな進展があったために集まってもらいました。捜査方針を大きく変更する必要があります。被害者の宍戸景大さんに恨みを持っていたと思われる人物が浮上したのです」

講堂内にざわめきがひろがった。

「長沼宗雄。五五歳の飲食店経営者です。長沼は市内佐島の海沿いで《ルモーレ・デル・マーレ》という高級イタリアンレストランを経営していました。店名は潮騒《しおさい》という意味のイタリア語です。実はこの店は被害者の宍戸景大さんの度重なるクレームのために客足が遠のき、倒産してしまいました。このあたりの詳しい経緯についてはB班の捜査員から説明してもらいます」

　芳賀管理官の言葉に、若手の捜一課員が立ち上がった。

「《ルモーレ・デル・マーレ》は近場で獲《と》れた新鮮な海の幸が評判となり、目の前の海の眺めがよいこともあって人気店でした。観光客や近くの佐島マリーナの利用客などもよく立ち寄っていたようです。ところが、五ヶ月ほど前から来店した宍戸景大さんに店舗内で何度もクレームをつけられていました。食事の内容や従業員の対応などに文句を言われ続けていたのです。味つけが塩辛くて田舎くさいとか、エビやカニの下処理が悪くて生臭いとか、あるゆる悪口を言い続け、ときにはカポクオーコ……つまりシェフですね。シェフを呼び出して謝罪させたりしていたようです。また、カメリエーレと呼ばれるホールスタッフにも、食器の置き方が悪いとかワインの温度が適当でないなどと難癖をつけていたそうです。そのために一流ホテルから引き抜いたカポクオーコが退職してしまい、スタッフも逃げ出してしまいました。結果として、《ルモーレ・デル・マーレ》は客足が遠のいて経営状態が悪化しました。ついには一月のなかばに閉店してしまいました」

　その男が座ると、隣で四〇歳くらいの捜査員が立ち上がった。

「長沼は横須賀署にも相談していたそうです。が、とくに怒鳴りつけるなどの行為もなく暴行等も見られなかったことから、ようすを見ようということになっていたそうです。元従業員に話を聞いたところ、長沼は宍戸さんを入店禁止にしたかったようです。しかし、いつも別の同行者たちの名前でバラバラに予約してくるので、来店するまで宍戸さんだとはわからなかったそうです」

「どうして宍戸は長沼にそんな嫌がらせをしていたの？」

芳賀管理官は首を傾げた。

「現在、捜査を継続していますが、理由はまだわかりません。宍戸さんと長沼の間の個人的なつながりは店の経営者と客という以外には今のところ見つかっていません」

捜査員はかるく一礼して座った。

「長沼が行方不明になった経緯を説明して」

三〇代くらいの女性捜査員が立ち上がった。

「長沼はいま話に出た店の裏手に居住していました。店を開いたときにつよく反対した妻とはすでに離婚していたのですが、同居している女性がいました。その女性が今朝、横須賀署に行方不明者届を提出しています。女性は二月一日の午後二時頃に長沼の家を出て、その晩は埼玉県内の実家に宿泊しました。翌二日の午前一〇時に帰宅したところ、長沼の姿が見えず電話もつながらなかったとのことです。ひと晩待ちましたが帰宅せず連絡もつかないことから、今朝九時過ぎに横須賀署に行方不明者届を提出しました。一日に別れたときの長沼に変わったようすはなく、どこかへ出かける予定もなかったそうです」

女性が座ると、芳賀管理官が立ち上がった。

「ここまでの事実から、長沼宗雄が怨恨《えんこん》により宍戸を殺害したおそれが非常に強くなりました。ただ、残念ながら現時点では指名手配をできるだけの材料が整っているとは言えません。逮捕状の請求も難しいでしょう。そこで、長沼を指名手配できるだけの事実をつかみたいと考えます。とにかく、長沼の身柄を押さえることが緊急の課題です。捜査を仕切り直します」

芳賀管理官の声は講堂内に凛然《りんぜん》と響いた。

「現在戻ってきている捜査一課と所轄刑事課捜査員のうちB班の者は？」

芳賀管理官の問いに講堂にいる半分くらいの捜査員が挙手した。

「残りはC班と地取り班か。それではC班を解散し、鑑取り班の捜査員を長沼周辺の捜査に割り振ります。その半分を長沼宅と宍戸さん宅周辺部の地取りに、もう半分を長沼の鑑取りに投入します。現在、戻ってきていない捜査員にはまた新たに指示を出します」

芳賀管理官は堂々と言い放った。

「よろしいでしょうか？」

小早川がとまどいの表情で訊《き》いた。

「なんでしょうか、小早川管理官」

表情を変えずに芳賀管理官は訊いた。

「A班は継続して宍戸元議員に対する政治的な動機を追えばいいのでしょうか」

「そうですね、Aのテロの筋がゼロというわけではないでしょうから」

芳賀管理官の言葉はどこか皮肉っぽかった。

「はぁ……」

小早川は不満げな表情を浮かべた。

「いずれにせよ、刑事部は長沼を追うことに専念します」

「しかし……」

小早川は言葉を呑《の》み込んだ。警備部の小早川は刑事部の方針には口を出すことはできない。

夏希には小早川の内心の困惑が手に取るようにわかった。

たしかに、長沼の容疑は濃厚だ。もし、長沼が真犯人であるならば、いち早く身柄を確保しなければならない。逃亡、自殺のおそれもある。

だが、いくつもの筋がある宍戸景大殺しの被疑者の線を、長沼一本に絞るのは時期尚早なのではないか。

それに夏希は、C班、つまりオレンジ☆スカッシュ関係の捜査をやめてしまうことにも大きな疑問があった。

さらにはメッセージである。長沼はなんのためにメッセージを発しているのか。どうしても納得がゆかなかった。

「では、新しい班分けを行います」

芳賀管理官は捜査会議を終える方向に話を進めた。

「あの、質問したいのですが」

夏希はガマンできずに挙手した。

「真田分析官、なに？」

けわしい声で芳賀管理官は訊いた。

「ツィンクルに投稿されたエクスカリバーのメッセージは長沼が発しているとお考えなのですね？」

「それしかないわね」

芳賀管理官はにべもない調子で答えた。

「では、午前中のわたしとのやりとりを、長沼はなんのために繰り返したんでしょうか？」

夏希の問いに芳賀管理官はかるく笑みを浮かべて口を開いた。

「もちろんブラフとしか考えられないでしょう。次の犯行を予告すれば、自分が犯人とは思われないでしょうから。長沼には次の犯行を実行する動機はなにもないわけだから」

芳賀管理官の答えには違和感を覚える。

「わたしは、あれだけの長時間、犯人がわたしと対話したことに注目すべきと考えます。犯人がわたしたち警察と会話するためには大変な精神力を要するはずです。すべてがブラフと考えるのは不自然な気がします。たとえば、次の犯行を実行すると思い込ませるためには、ツィンクルに新たなメッセージを一方的に投稿すれば済む話です」

夏希は持論をとうとうと展開した。

「気持ちはわかります。メッセージがブラフだとすれば、真田分析官の努力にはあまり意味がなくなってしまうからね。でも、長沼は宍戸を恨んでいた。その長沼が宍戸が殺されたと予想される日時に前後して失踪《しっそう》してるのよ。ほかの人間の犯行と考えるのには無理があります」

なだめるような芳賀管理官の口調だった。

「本当にそうでしょうか」

「ほかになにが考えられるっていうの」

芳賀管理官の声が尖《とが》った。

「お言葉を返すようですが、わたしはメッセージをブラフと断定するのは危険だと考えます。次の事件が起きる可能性を払拭《ふっしょく》できません。従って、C班の線、つまりオレンジ☆スカッシュ事件関連を視野から外すのも賛成できません」

夏希は食い下がった。

「C班？　その線はないわよ。長沼とは関係がないのだから」

「でも、C班の線であれば、連続殺人に発展する可能性もあります。メッセージが次の犯行を予告していることを無視すべきではありません」

きっぱりと夏希は言い切った。

「真田さん、あなたが心理分析官だから黙って聞いているのよ。ふつうの捜査官だったら、許さないところです」

芳賀管理官は眉間《みけん》にしわを寄せた。

たしかに警察組織のなかで警部補が警視に対してこうした異論を唱えることはほとんど許されていない。しかし、夏希としては言うべきことは言う必要があった。

「失礼とは思っていますが、メッセージがブラフでない可能性を考えるとC班の線を残してほしいです」

しつこいと思ったが、夏希は繰り返した。

芳賀管理官の隣で小早川が心配そうに見ているのを感じた。

だが、同じ刑事部内の芳賀管理官と夏希の間に、警備部の小早川が割り込むべきでないと思っているのだろう。小早川は黙ったままだった。

「真田分析官、あなたはメッセージ担当を続けてください」

芳賀管理官は木で鼻をくくったような答えを返した。

「もちろん、それはわたしの仕事ですが、C班を解散させないわけにはいかないでしょうか」

「では、あなたひとりでC班の捜査をする？」

ちょっと意地悪な表情で芳賀管理官は訊《き》いた。

「そんな……」

自分が捜査をできるわけがない。

「限られた人員を効果的に使う。それが捜査の鉄則です」

ピシャッと言い切って芳賀管理官は議論をおしまいにした。

これ以上の意見具申は無意味だ。夏希は旗を巻いた。

「ほかに質問はない？　では、後方で班分けを行います。以上」

捜査会議は終わった。

芳賀管理官に対して気まずい思いは残った。

しかし自分がこの場にいるのは、刑事と違う意見を述べるためだと思っている。

間違いなく、それが捜査本部における夏希の存在意義なのだ。

持論を述べたことに後悔はまったくなかった。

メッセージをブラフと考え、オレンジ☆スカッシュの線を捜査から外すことは心配だった。この捜査本部に夏希や小早川がいるのは連続殺人事件を防ぐためではないか。

事をただの殺人事件に矮小化《わいしょう》してよいものだろうか。

長沼が真犯人で、ただの怨恨《えんこん》殺人事件として解決するならばそれでよい。

だが、なにかお尻《しり》の落ち着かない気持ちが消えない。

自分はどうすればいいのだろう。

（そうだ……）

芳賀管理官は班分け作業で忙しそうだ。

夏希はそっと講堂を抜け出すと、自販機と樹脂ソファが置いてある休憩スペースに移動した。

ポケットからスマホを取り出して、アドレス帳アプリを起《た》ち上げる。

まわりを見まわしながら、夏希はひとりの男の番号をタップした。

上杉輝久《うえすぎてるひさ》……織田と同期のキャリアながら、上司に抵抗しても自分が正しいと信ずることを貫き続け、ついには県警刑事部の根岸《ねぎし》分室で飼い殺しにされている警視だ。

「おう、真田か。正月は楽しくテレビ見させてもらったぞ」

耳もとで陽気な上杉の声が響いた。

上杉は夏希の正月の事件のことを言い出した。

そう言えば、上杉とは一ヶ月以上音信不通だった。おそらくほかの事件の捜査に全力投入していたのだろう。

「その話はもういいです。今年もよろしくお願いします」

「ああ、あらためて今年はよろしく」

函館《はこだて》の丘でのことを思い出して、ちょっとドキッとした。

「お忙しいですよね？」

「いや、一昨日《おととい》まで忙しかったんだけど、川崎《かわさき》で起きた強盗事件が解決してな。昨日からヒマだ」

「ちょっとご相談したいことがありまして」

夏希は今回の事件の概略を手短に話し、今朝の捜査会議で配られたレジュメを写真に撮って送った。

「仕切っている芳賀管理官と意見が合わなくて」

「そうかぁ、今回は佐竹の仕切りじゃないのか。おまけに福島さんもいないんじゃやりにくいだろう。芳賀って管理官は組んだことないなぁ」

「四〇代前半くらいの女性なんですよ。頭脳明晰《めいせき》な方でリーダーシップにも優れているんですけど、思い切りがよすぎるって言うか」

「捜一の管理官に成り立てなんじゃないか。張りきってるんだろう。よくあることさ」

「芳賀管理官はわたしの言うことを聞いてくれないわけじゃないんですが、肝心のところでは無視されてます」

「まぁ、芳賀って女は、真田の恐ろしさを知らないからな」

上杉は低い声で笑った。

「なんです？　わたしの恐ろしさって？」

「真田って、異常にカンがいいだろ。捜査が始まって間もないのに、捜査本部とまったく違った方向を向いてて、結局は真犯人《ホンボシ》に辿《たど》り着いちまうじゃないか。なんて言うか、神の啓示って言うの？　もはやシャーマンって言うか」

　上杉はなにをわけのわからないことを言っているのだろう。

「飲んでます？」

「おいおい、人聞きの悪いこと言うなよ。勤務時間中だぞ」

　上杉のことだから当てにはならない。事件のないときは一人きりの根岸分室で何をしているかわかったものではない。

「わたし巫女《みこ》さんじゃないですけど……。それに真犯人に辿り着けているのは皆さんの力ですし、わたしは心理学的アプローチをとっているだけです」

「いや、事件が真田を呼ぶんだよ。それに犯人が真田を呼ぶ」

　いつだったか、誰かにそんなことを言われたような気がする。

「佐竹さんなんて、会うたびに『真田の顔を見るとやっかいな事件だなという気がする』みたいなこと言って、わたしを疫病神扱いしてますよ」

　その佐竹の台詞《せりふ》を聞けないのも今回は淋《さび》しい。

「ま、たしかに真田がかかわってきたのはやっかいな事件ばかりだったな」

「上杉さんまで……」

「芳賀って管理官の判断が間違いとは言わない。話を聞く限り長沼って男は有力被疑者だ。迅速に確保したい気持ちは痛いほどわかる。だけど、その筋読みが外れた場合はどうする？　すべてが後手に回るおそれがある。俺がもし仕切ってたら、C班は残すし、次の犯行予告を軽視はしない」

　まじめな声で上杉は言った。やっとまともな答えが返ってきた気がする。

「そうなんですよ。わたしとしてはC班の筋で次の犯行が起きるのが心配で……」

「さっきの話では、芳賀管理官は真田にひとりでC班の捜査をするかってなことを訊いたんだろ」

「ええ、ちょっと感情的になって出てきた言葉だと思いますけど」

　売り言葉に買い言葉ではないけれど、芳賀管理官も本気で言ったわけではないだろう。

「捜査すりゃあいいじゃないか」

　上杉はおもしろそうに言った。

「なに言ってんですか。そんなことできるわけないですよ。わたしは刑事じゃないんですよ」

　思わず大きな声が出て、夏希は肩をすぼめた。

「俺が一緒に捜査してやるよ。C班の線」

　上杉は頼もしげな声で言った。

「本当ですか！」

　夏希はふたたび大きな声を出してしまい、あたりを見まわした。

「俺は嘘は言わないよ」

　笑い混じりに上杉は答えた。

「でも、芳賀管理官が許可するわけないですよ」

「大丈夫だよ。上のほうに手を回しとくから」

あっさりと上杉は言ってのけた。

上杉は課長級であるため、直属の上司は黒田刑事部長だ。黒田刑事部長が捜査本部に指示してくれれば、夏希も自由に動けるだろう。

芳賀管理官にはますます嫌われるだろうが、そんなことはこの際どうでもいい。

「でも、またエクスカリバーからメッセージが入るかもしれません」

「メッセージのやりとりは小早川に押しつけとけ」

「でも……」

小早川に任せっきりにするのには不安が残る。

「いざとなったら、真田に泣きつけって小早川に言っといてやるよ」

「はぁ……」

もし、新たなメッセージが来たときに、出先から回答することはできる。いままでもそうした機会はあった。

「では、上杉さん。お願いします」

「わかった。真田は素知らぬ顔してPCでもいじってろ。一時間以内に俺が横須賀署まで迎えに行く」

「ありがとうございます。お待ちしています」

ワクワクする気持ちで夏希は電話を切った。

自販機でカップコーヒーを買って、夏希は講堂へと戻った。

管理官席に歩み寄って、夏希はしおらしく頭を下げた。

「先ほどは失礼しました」

「いいえ」

芳賀管理官は夏希を射すくめるような目で見たが、急に表情をやわらげた。

「引き続き、職務に励んでちょうだい」

もう一度頭を下げて夏希は自席に戻った。

冷戦が続いているような気がする。いや、夏希としては戦っているつもりはなかった。

エクスカリバーからのメッセージはあれ以来届いていなかった。

長沼だけを追っている捜査本部で、メッセージが入らないからには、夏希の為《な》すべきことはなにもない。

お昼前と同じく手持ち無沙汰《ぶさた》だった。

夏希は早く外へ出たくて仕方がなかったが、上杉が迎えに来るまではガマンするしかない。

芳賀管理官のところに電話が掛かってきた。

「え？　そうなんですか。わかりました。いいえ、こちらはどうしてもということはありませんので。はい、本人に伝えます」

電話を切った芳賀管理官は、夏希へ顔を向けて手招きした。

「真田さん、ちょっと来て」

「はい、ただいま参ります」

これは朗報に違いない。夏希はウキウキして席を立った。

「黒田刑事部長が、金沢署の捜査本部でお呼びです」

「え……金沢署ですか」

夏希はちょっと驚いたが、上杉の計略に違いない。

「ええ、あちらの事件の捜査に携わってほしいそうです」

芳賀管理官は妙に明るい声で言った。

厄介払いができてせいせいするというところだろうか。

「でも、またエクスカリバーからメッセージが入ったら……」

「ブラフである以上、対応できなくとも大きな問題はないでしょう」

相変わらず芳賀管理官はブラフ説を堅持している。上杉との捜査を始めようとするいまとなっては、それが幸いだから奇妙なものだ。

「メッセージ対応は、小早川管理官にお願いできないでしょうか」

夏希の言葉に小早川が即座に反応した。

「え？　僕ですか？」

「いつものように、いざというときはわたしに転送してください」

何度かそんな機会があったが、大きな問題は生じなかった。

「それなら……」

小早川はほっとしたようにうなずいた。

「じゃ、決まったわね。こちらへ迎えのクルマをよこすそうなので、待機していてちょうだい」

「了解です」

夏希は弾む声で答えた。

自席に戻った夏希は、上杉との捜査をどこから開始するかを考えた。

（そうだ。あの子に会ってみようか）

オレンジ☆スカッシュの小野木ゆん。人気絶頂だった頃に不幸に巻き込まれ、アイドルの座を降りざるを得なかった。宍戸景大の魔手の被害者となった少女である。

あの事件から半年、元気で過ごしているだろうか。

電話番号とコミュニケーションツール《スクエア》のアカウントは交換した。「つらいことや不安なことがあったらいつでも連絡してね」と言っておいたが、彼女から連絡があったことはない。

こちらから連絡するのは、自分が警察官であるだけにはばかられた。警察がいつまでもつきまとうのは感心しない。だが、今回は夏希がゆんを頼るのだ。

彼女に宍戸景大のことを尋ねて、不愉快な過去を思い出させるのは残酷な行為なのだ。

こころの傷に塩を塗り込むようなものだろう。

夏希は悩まざるを得なかった。しかし、もし宍戸がCの筋で殺されたとしたら、犯人はオレンジ☆スカッシュのファンのなかにいる可能性が高いのだ。

どうしても彼女から話が聞きたい。だが、彼女のこころの傷を考えると夏希の判断は鈍った。

自分は警察官なのだ。是が非でも次の犠牲を防がなければならない。

だが、事前にゆんに許可を求めるべきだ。

夏希はスクエアに短いメッセージを入れた。

——県警の真田夏希です。ご無沙汰、ごめんね。

数分も待つと返信を示すアラートが表示された。

——わぁ。真田さん？　連絡くれて嬉《うれ》しい！

ゆんに歓迎されていて夏希も嬉しかった。

——元気なんだね？

――うん、元気してます。会いたいよ。

――わたしも会いたい。でもね、本当言うとお仕事のことで連絡したの。

最初から正直に言うべきだ。目的を隠せば、ゆんを傷つけることになってしまう。

――事件？　ああ、あいつの死体が海から上がったんでしょ？

――知ってたの。

――そのことで警察の人来ましたよ。

C班の捜査員はゆんのところにも足を運んでいたのだ。

しかし、捜査本部にゆんからの情報は、なにひとつ上がっていなかった。

――なにか話したのかな？

——なにも知らないって話しました。

——ゆんちゃん、なにか知ってるかと思って。

——なにを話せばいいのかわかんない。でも、来た人すごく感じ悪かったから。追い返しちゃったみたいなもんかな。

少女とまともな会話ができない捜査員が向かったようだ。

——わたしもお話聞きたいの。だけど、嫌なこと思い出させちゃうかもしれない。

——平気だよ。心配してくれてありがとう。あたし真田さんには助けてもらったのになんにもお礼してない恩知らずだよね。

——そんなことないよ。わたしはゆんちゃんが元気でいてくれてすごく嬉しい。

——あたしで役に立てますか？

――役に立たなくてもいいの。会いたいから。どこに行けば会えるかな？

――あたしいま、厚木《あつぎ》の実家にいるんです。

ゆんの実家が厚木だとは知らなかった。

――近くまで行くね。何時くらいなら大丈夫かな？

――えへへ。今日は一日ヒマなんです。

――厚木のどの辺？

――森《もり》の里《さと》っていうとこ。森の里小学校の近く。

――わかった。森の里小学校まで行ったら、また連絡するね。ヘンなおじさんと一緒だけどいいかな？

――え？　彼？

――まさか。同業者だよ。

――あの加藤さんっていう怖い刑事さん？

――加藤さんじゃないけど、もっと怖い刑事さん。ヤクザとかがブルっちゃうような。

――できれば、怖い人とは、あんまり話したくないかな。

――大丈夫、クルマのなかに押し込んどくから。

――うふふ。お待ちしてます。会えるの楽しみ。

――じゃ、また後でね。

メッセージ交換は終わった。案ずるより産むが易しの言葉通り、すでにゆんは宍戸景大の事件を知っていた。

夏希はいくぶんホッとした。

鑑識課警察犬係の小川祐介《おがわゆうすけ》巡査部長は、小野木ゆんの大ファンだった。いわゆる「ゆん担」「ゆん推し」であった。ゆんに会えるとしたら、休暇を取ってもついてくると言い出すだろう。

だから、逆に言うと、連れてゆくわけにはいかない。

小川のことだ。アガってしまってなにを言い出すかわからない。かえって邪魔になるだけだ。

【2】

そのとき手にしていたスマホが鳴動した。

「いま、下の駐車場まで来てる」

上杉の低い声が耳もとで響いた。

「了解です。すぐ行きます」

電話を切ると夏希は管理官席に歩み寄った。

「芳賀管理官。お迎えが来ました」

「そう、あちらでしっかり職務遂行してきてね。こちらのことは気にしなくていいから」

芳賀管理官は満面に笑みを湛《たた》えた。

目の下のこぶを追い出せて心底嬉しそうだ。

「了解しました。戻れないかもしれませんが」

「あ、戻らなくていいわよ」

芳賀管理官の全身から喜びがはみ出している。

沙羅が管理官席に歩み寄ってきた。

真剣な顔つきをしている。

「あの、芳賀管理官」

沙羅は思い切ったように声を掛けた。

「もし可能でしたら、真田分析官のお手伝いとして同行させて頂きたいんですが」

「あなたはこの捜査本部の人間でしょ」

芳賀管理官の声が尖《とが》った。

自分だってそうなのだが……夏希はいつの間にか員数外にされている。

「実は福島一課長から、真田分析官に学ぶようにと指示されていまして」

これは初耳だった。福島一課長はいつそんなことを言ったのだろう。

夏希はいまは収監されている美夕《みゆ》のことを思い出した。

「あら、そうなの」

意外そうに芳賀管理官は首を傾げた。

「はい、一月の事件のときにもご一緒して、たくさん勉強させて頂きました」

一月のときには偶然一緒になったような気がするが……。

「わたしはあなたにこの捜査本部で勉強してもらおうと思って連絡要員に選んだのだけど」

「正直言って、この捜査本部はあまり忙しくないと思います」

言いにくいことを沙羅ははっきり言うんだな、と夏希は感心した。

一見おとなしそうだが、沙羅は思ったよりも芯《しん》のつよいところがあるようだ。

「いいでしょう。一課長の指示であれば、わたしが反対する理由もないわね」

いささか不愉快そうにではあるが、芳賀管理官はＯＫを出した。

「ありがとうございます！」

沙羅は小躍りせんばかりだった。

芳賀管理官がぎろりと睨《にら》んだので、沙羅は気まずそうにうつむいた。

「じゃあ小堀さん、行きましょうか」

芳賀管理官の気が変わらないうちに部屋から出てしまおう。夏希は気が急《せ》いた。

「僕としては、真田さんにいてほしいんですが、黒田刑事部長のお呼びとあれば致し方ないですね」

小早川は本当に残念そうな顔をしながら、いつものタブレットを取り出してきた。

「もしエクスカリバーからメッセージが入ったら、これに連絡しますから」

「わかりました。どこからでも対応します」

夏希はタブレットを受け取りながらほほえんだ。

「いざというときはよろしくお願いします」

小早川は軽く頭を下げた。

「では、行ってきます」

夏希は講堂全体に響き渡る声であいさつすると廊下へ出た。

鼻歌が出そうになるのを懸命に抑えてエレベーターに乗った。

一階に降り、エントランスまで出ると、すぐ正面にシルバーメタリックのランクルが停まっていた。シルバーメッキのガーニッシュなどの装飾を持たないシンプルでクラシカルなタイプの四輪駆動車である。

駐車場はいっぱいだったので、上杉は駐車枠の外で待っていた。

夏希が近づくと上杉は運転席の窓を開けて片手を上げた。

「あれ？　その子は？」

上杉は目を大きく見開いて沙羅を見た。

「捜査一課の小堀沙羅巡査長です」

夏希が紹介すると、沙羅は身体を折って名乗った。

「小堀です。今日は真田さんの助手です。よろしくお願いします」

「へぇ、驚いたな。根岸分室の上杉だ」

上杉は穴の開くほど沙羅の顔を見つめた。

沙羅は照れくさいのか、微妙な笑いを浮かべた。根岸分室という奇妙な組織については気づかないようだ。

「わたしたち後ろに乗りますね」

夏希がさっと右側の後部座席に乗り込むと、沙羅も左側にすべり込んできた。

「かしこまりました。お嬢さま方、わたくし上杉が運転をあいつとめます。シートベルトをお締めください」

上杉は冗談を言いながら、イグニッションキーをまわした。

ランクルの大型エンジンが低く轟《とどろ》き始める。

「小堀さんのことは後でゆっくり紹介してもらうとして、まずはどこへ向かえばいいか？」

上杉は振り返って夏希の顔を見て訊《き》いた。

「厚木市森の里へ向かってください。厚木市立森の里小学校がランドマークです」

「厚木か……」

上杉はカーナビのパネルをタップしている。

「六〇キロ以上あるぞ。横横《よこよこ》から保土ヶ谷バイパスを経由して東名《とうめい》厚木インターか……一時間じゃ無理だな」

「遠くてすみません」

夏希は頭を下げた。

「捜査のためなら北海道だって沖縄だって行くさ。それで、誰に会うんだ？」

「小野木ゆんちゃんです」

「ああ、半年前の事件でアイドル引退した子か」

上杉は納得したような声を出した。

あの事件では上杉も捜査に携わってくれた。ゆんの名前は忘れていないようだ。

「そう。彼女から話を聞けば、きっとなにか浮かんでくると思うんです」

「アポ取れてるんだな？」

「ええ、もちろんです。森の里小学校に着いたら連絡を入れることになっています。何時でもいいということなので、時間的には余裕があります」

「よし、のんびり行くか」

上杉はランクルを始動させると、対面通行のよこすか海岸通りに乗り入れた。

「小堀さんは、捜一のエリートか？」

ランクルが自動車専用道路の横浜横須賀道路に入ると、上杉は背中でのんびりと尋ねた。

「一二月に国際捜査課から異動になりました。刑事捜査の最前線でちょっと勉強してこいってことみたいです。いまは石田三夫巡査長にご指導頂いてます」

沙羅は明るい声で答えた。

「おう、あいつか。ロクなことは教えてくれんだろう」

上杉の含み笑いが響いた。

「そんなことはないです。優秀な方ですし、とっても親切です」

「今回はコンビ組ませてもらえなかったんだよね。芳賀管理官がふたりの仲を裂いて小堀さんを連絡要員にしたんだものね」

夏希の言葉に上杉はあきれ声を出した。

「芳賀管理官のいじめか」

「そんなことはないと思います。捜査本部に常駐して、いろいろ勉強しろってことだと思います」

まじめな声で沙羅は否定した。

「勉強になったか？」

「いいえ、ぜんぜん。情報が入ってこなくて、とにかくヒマでした」

沙羅は力なく答えた。

「まぁ、あなたに嫉妬《しっと》するおばちゃんの気持ちはわかるけどね。県警広しといえども小堀さんみたいなモデル並みの女警なんてほかにいるわけないな」

「上杉さん、おばちゃんはダメだって。それにいきなり容姿のことを言うのはセクハラですよ」

夏希は釘《くぎ》を刺した。

「容姿のことなんて言ってないだろ」

上杉はとぼけて笑った。

「まぁ、いいです。それより、小堀さんにオレンジ☆スカッシュ事件のことを少し話しておきますね。去年の夏に起きた事件なんです……」

夏希はオレンジ☆スカッシュというアイドルグループのことと、彼女たちを襲ったたくさんの悲劇についてきちんと話して聞かせた。

「ひどい事件でしたよね……」

沙羅のブルーの瞳《ひとみ》が潤んでいる。

「そう、ひどい事件だった。オレンジ☆スカッシュの四人の誰もが苦しんだの」

「大人たちの汚い野望のために、一所懸命頑張っていた女の子たちが不幸に陥れられたなんて……」

まるで泣いているような沙羅の声だった。

「あの事件の関係者はとても気の毒だった。だけど捜一にいると、もっともっとエグい事件と向き合う日常になるぞ」

厳しい声音で上杉は言った。

「上杉警視。小堀さんをあんまり脅かさないでくださいね」

またも夏希は釘を刺さねばならなかった。

「え……警視……」

それきり沙羅は絶句した。

警視は本部なら課長や管理官など、小規模署では署長に就く地位である。沙羅はまさかこの気楽なおじさんが警視だとは夢にも思わなかったのだろう。

「そうなの。おとなしくしていれば、この上杉さんはいまごろは警察庁の課長補佐のはずなんだ。だけどね、正義のために戦い続けたせいで、部下もいない刑事部根岸分室に塩漬けにされてるの」

遠慮もなく夏希は上杉の正体をバラした。

「塩漬けだと……パワハラだぞ。真田」

機嫌よく上杉は笑った。

「パワハラっていうのは上の者から下の者へのハラスメントですよ」

上杉はふふふと笑い続けている。

「キャリアでいらっしゃったんですか……なんだか真田さんのまわりは不思議な人ばかりです。国際捜査課でも捜査一課でも一階級上ってだけで威張りくさってる人ばかりなのに……。真田さんも、小早川管理官も、上杉警視も、織田理事官も、皆さんすごくフレンドリーで。どうしてなんですか？」

沙羅は本当に不思議そうな顔で訊いた。

「出世できないヤツの特徴だ」

おもしろそうに上杉は言った。

「そうなんですか」

沙羅は驚きの声を上げた。

「そうさ。うちのカイシャはとにかく上意下達だし、階級秩序はなにより大事だ。ずっと警察にいたいんなら、そこんとこはしっかり肝に銘じといたほうがいい。たとえば、この真田だ。捜査会議なんかでも平気でエラいヤツに嚙《か》みついてくだろ。絶対に出世できない」

お言葉の通りで、夏希はなにも言えなかった。

「え、上杉警視、ご覧になっていたんですか？」

沙羅は不思議そうに訊いた。

「警視ってのやめろ。それから馬鹿丁寧な口きかないでくれ」

上杉は苦々しい声を出した。

「申し訳ありません、上杉室長」

沙羅はちょっとしょげた。

「その室長とかもよせ。お兄さまとか呼んでくれ」

「はぁ……」

沙羅はとまどいの表情を浮かべた。

夏希は思わず噴き出した。

「なに言ってんですか。上杉さん、お兄さまだなんてあまりにも似合わないですよ」

「似合わんか？」

上杉はとぼけた笑いを浮かべている。

「似合ってると思ってるんですか。そんなに怖い顔して。ちなみに上杉さんと織田さんは大学と警察庁入庁の両方で同級生なんだよ」

「そうなんですか！」

驚きの顔で沙羅は夏希を見た。

「あいつと一緒にするな。俺は刑事、織田はお役人だ。だから織田だけは出世してる」

上杉はクックッと笑った。

「でも、本当に不思議です。真田さんのまわりにいらっしゃる方って、偉ぶらない人ばっかりなんです」

「わたしも不思議なの」

「類は友を呼ぶってヤツだな」

「上杉さんと同類なんですか……」

「なにが気に入らないんだ？」

上杉は背中を震わせて笑っている。

「でも、まじめな話、まわりの人に恵まれているから、ここまでやってこられたんだ。それだけはたしか」

「すごくいいお話だと思います」

沙羅は瞳を輝かせた。

そんな話をしているうちに、ランクルは厚木インターを降りて一般道に入った。

カーナビの指示通りに走ると、程なく森の里の住宅地に乗り入れた。

森の里は高台に家々が建ち並ぶ整備の行き届いた住宅地だった。道路の両脇に並ぶ街路樹も青葉の季節などはさぞ美しいだろう。しかも森の里の名前にふさわしく住宅地の西側には緑豊かな小高い丘が続いている。

厚木市立森の里小学校の前に到着すると、夏希はゆんにメッセージを入れた。

──真田です。いま森の里小の前まで来てるよ。

──五分以内に行きます。

夏希はランクルを降りて、学校正門横の歩道に立った。

西側の丘から照葉樹の香りを乗せた風がふわりと吹いてくる。

すぐにゆんが丘陵のほうへと続く坂道を下りてくる姿が見えた。

白い綿パーカーの地味な恰好《かっこう》だったが、スキニーデニムで包まれた脚はすらりと長い。抜群のスタイルのよさは、遠くからでも目立った。

「ゆんちゃん」

夏希は大きく手を振った。

「真田さぁん」

ゆんはクルマが来ないのを確かめて、道路を渡って走ってきた。

懸命に駆け寄ってくるゆんの姿はどこか子どもっぽかった。

なんだかじんときて、夏希は自分の鼻をかるく手で押さえた。

抱きつかんばかりに近づいてくると、ゆんは夏希の両手をとった。

「会えて嬉《うれ》しい」

ゆんは喜びいっぱいの笑顔になった。

抱きしめたい衝動を夏希は抑えた。

「わたしもだよ。元気そうね」

「すごく元気です。毎日ご飯もおいしく食べられてます」

ゆんはその場で軽くスキップするような姿勢をとった。

夏希が心配していた暗い翳《かげ》りのようなものは感じられなかった。

化粧は薄く、驚くほど地味に作っている。

「どこかでゆっくりお話を伺いたいんだけど」

「このあたり、まともなお店がなくって……公園でもいいですけど」

申し訳なさそうに、ゆんは言った。

せっかく出てきてくれたゆんを寒風にさらすわけにはいかない。いまは太陽がポカポカとあたたかいが、公園に座っていれば身体が冷え切ってしまうかもしれない。

「久しぶりだし、お茶しようよ」

「うーん、そうですね……二キロくらい離れたところにカフェがありますけど」

「じゃあ、クルマに乗ってくれる？」

ゆんは大きくうなずいた。

夏希は助手席側のドアを開けて上杉を紹介した。

「このおじさんが上杉さんだよ」

「こんにちは。いいお天気だね」

上杉はやわらかい笑みを浮かべた。

「え、怖くない……」

ゆんはポツリと言った。

「真田、いったいどんな紹介してんだ」

上杉はあきれ声を出した。

「ヤクザがブルっちゃう怖い刑事さんって」

ぼんやりとゆんが答えた。

「ったく……イケメンのお兄さまとか言えないのか」

「言えません。わたし正直なんで」

夏希の言葉に上杉は大きくのけぞる仕草を見せた。

「はじめまして、小野木ゆんです。よろしくお願いしまぁす」

ゆんのあいさつはやっぱりアイドルっぽさを残していた。

「こちらこそよろしくな」

上杉はにこやかに答えた。

「二キロくらいのところにあるカフェまでお願いします」

夏希の言葉に上杉は快活な声で言った。

「了解。じゃあ小野木さん、助手席でナビしてくれないかな？　大丈夫。取って食わないから」

「はいっ、わかりました」

ゆんは元気よく言って助手席に乗り込んだ。

「Uターンして、このバス道路を道なりに下ってもらえますか」

「わかった。ベルトしてくれ」

ランクルは静かに走り始めた。

「隣に乗ってるのが、今日のわたしの相棒」

ゆんの背中に夏希は声を掛けた。

「モデルさんなの？　女優さん？」

振り返ったゆんは目を大きく見開いて、沙羅の顔を見つめた。

「刑事部捜査一課の小堀巡査長です。はじめまして」

沙羅はきまじめにあいさつした。

「えと。刑事さんなの？　それに日本人なんだ」

ゆんは目を見張った。

「母がフランス人で父が日本人なんです。でも、わたしは横浜育ちの日本人です」

淡々と沙羅は答えた。

そう言えば、上杉は沙羅のミックスっぽい容姿のことについてなにも言わなかった。

「すっごくきれい」

ゆんは沙羅を惚《ほ》れ惚《ぼ》れと眺めた。

「ありがとうございます。どうぞよろしくお願いします」

いつもそうだが、沙羅は自分の美貌《びぼう》をほめられても少しも嬉しそうな顔をしない。

賞賛されることに慣れっこになっているのかもしれない。

なんだかもったいない気がした。

「こちらこそです……あ、上杉のお兄さま、次の若宮橋《わかみやばし》の交差点を右へ曲がってください」

ゆんはかわいらしい声でナビした。

つけあがるから、あまりおだてないほうがいいのに、と夏希は笑いそうになった。

「おお、右ね」

上杉は上機嫌にステアリングを右に切った。

ゆんが案内したカフェは、ちょっとした庭を持つフランスの田舎家のような雰囲気だった。このあたりののどかな景色に溶け込んでいる。

中途半端な時間帯とあって、客はカップルがひと組だった。

「テラス席にしませんか。気持ちがいいんです」

ゆんは明るい声で言った。

本格的なガーデン席は庭に設けられているが、屋根があって壁がないテラスの席があった。

透明なビニールシートで囲まれてファンヒーターも稼働しているので、寒くはなさそうだった。

カップル客とはかなり離れているので、話を聞かれるおそれも少ない。

「そうだね。テラスにしよう」

夏希は即座に賛成した。

四人はテラス席の真ん中よりやや奥に陣取った。

ちょっとひろいテーブルに、夏希とゆんは向かい合って座った。夏希の隣には上杉が、ゆんの隣には沙羅が座った。

赤白のギンガムチェックのクロスが素朴でかわいく、ますますフランスの田舎家らしい雰囲気だ。

向かいに座ったゆんの愛くるしい顔立ちは少しも変わらない。

やや面長で切れ長の瞳《ひとみ》とふっくらとした愛らしい唇。

だが、ゆんがかつて放っていたようなオーラは感じられなかった。

化粧がひどく地味なせいばかりではあるまい。人に見られ続ける仕事をやめて半年、ゆんの精神状態はふつうの少女に戻りかけているようだ。

それでも沙羅と並んでいると、どちらも美しすぎてなにかの撮影と思われそうだ。

オーダーをとりにきた若い女性も興味深げな視線で二人を交互に見つめている。

自分はマネージャーというところだろうか。

「ここのシフォンケーキ美味《おい》しいんですよ」

ゆんはメニューの写真を指さしてはしゃぎ声を出した。

「わたし、それ頼みますっ」

沙羅が嬉《うれ》しそうに身を乗り出した。

もともとシフォンケーキは嫌いではなかったが、クルーザー事件の犯人が名乗っていた名前だ。生命を奪われそうになっただけに、夏希は事件以後はシフォンケーキを頼んだことはない。

結局、若い女子二人はシフォンケーキと紅茶をオーダーし、それほど若くない女子とおじさんはコーヒーを頼んだ。

女子二人がシフォンケーキに夢中になっている間、夏希はコーヒーを飲みながら夏の事件のことを考えていた。

ゆんは将来の夢を奪われて、つらい日々を送っているに違いない。

いまどんな毎日をすごしているのだろう。

ケーキをパクついている無邪気な表情を眺めながら、夏希のこころは痛んだ。

ようやくデザートタイムが終了した。

「ゆんちゃん、いまなにしてるの?」

夏希はあえて明るい声で切り出した。

「就活中です。暮れまでチェーン系のファミレスで働いてたんだけど、ちょっと嫌なことがあったんでやめちゃいました」

ゆんは表情を曇らせた。

嫌なことの内容を突っ込む気にはなれなかった。あの事件がらみなのだろうか。

「そうかぁ、就活うまくいってるの?」

「あんまり……景気よくないし、厳しいですよね。やっぱり」

ほっとゆんは息をついた。

「焦らないでゆっくり頑張って」

夏希はこころをこめて励ました。

「ありがとうございます。親のスネかじってるから、生活の心配はとりあえずないんですけど」

「こういうときこそ、親御さんに目いっぱい甘えちゃえばいいんだよ」

ゆんは静かにうなずいた。

「あたし、将来的にはネイリストの資格とろうかと思ってるんです。器用なほうだと思うし、お客さんに喜んでもらえる仕事がしたいなと思って」

ゆんは口もとに笑みを浮かべた。

「いいね、いまもきれいなネイルしてるよね。セルフジェルネイルなのかな？」

ゆんの両手の爪はベビーピンクで彩られ、小指には金色の流れ星が細いながらも勢いのある線で描いてある。

「はい、ヒマなんで……ほんとはもっと派手派手が好きなんですけど、就活中だから地味目にやってます」

ゆんははにかんだように笑った。

つらいがそろそろ本題に入らなければならない。

上杉も沙羅もずっと黙っていて、なんとなく気配を消している。

夏希とゆんの会話を邪魔しないように気をつけているのだろう。

「嫌なこと思い出させちゃうけど」

夏希は静かに切り出した。

「いいんです。あたし騙《だま》されて飲まされたんでもうろうとしてて、よく覚えてないんです」

意外とけろりとした顔でゆんは答えた。

ゆんはしっかりした受け答えができる子なので、大人だと錯覚してしまう。そうは言ってもまだ一九歳だ。

デリケートな話なので、どこまで真意なのかはわからないが。

「もうすぐ報道されると思うけど、宍戸景大は殺されたの。事故じゃない」

「そうなんですか」

ゆんは意外そうな表情を浮かべた。最初にやって来た刑事は殺人とは告げなかったようだ。

だが、驚いているようには見えなかった。遺体漂着と聞いて、ある程度予想していたようだ。

「犯人と考えられる人間を探しているのだけれど、たくさんいて捜査本部も苦労してるんだ。宍戸とトラブルを起こしている人が多すぎてね」

「やっぱりロクでもない人だったんですね」

ゆんは顔をしかめた。

「それでね……最初から疑うのはどうかと思うんだけど、そのひとつとして、オレンジ☆スカッシュのファンも考えられるんじゃないかとわたしは思ってるの」

言葉を選んで夏希は自分の考えを告げた。

「オレスカのファンのなかに犯人が……」

ゆんは少し青ざめた顔で言った。

「もとはと言えば、宍戸景大のせいでオレンジ☆スカッシュは解散する羽目になっちゃったわけでしょ。父親の宍戸景行は病死してしまっているし、恨みの矛先が景大に向かってもおかしくないと思ってるの」

夏希は静かに続けた。

「解散を悔しく思っているファンは少なくないと思いますけど……まさか信じられないというゆんの顔だった。

「たとえば、この厚木に訪ねてくるファンとかいないの？」

ゆんは大きく首を横に振った。

「実家の住所はもちろん公表していないし、警察は別として事務所からはどこにも漏れていないと思います。だいたいあたしが神奈川県に住んでいることも知らない人が多いんです。それに、いつもお化粧とか地味にしてるのでバイトしていたときにも気づく人はいなかったくらいなんです」

「かなり気を遣ってるんだね」

「いまは本名の田中陽菜《たなかひな》で生きてますから」

淋《さび》しげにゆんは言った。

「ゆんちゃんは、陽菜ちゃんっていうんだ」

「でも、真田さんには、ゆんと呼ばれたいです」

ちょっと照れたように、ゆんは笑った。

ネイリストを目指している一方で、いつかはアイドル小野木ゆんに戻りたいという気持ちを捨てきれずにいるのかもしれない。

「オレンジ☆スカッシュの復活を望む声とかもあるんじゃない？」

「ネット上でちらっと見たことがありますね、復活してほしいって意見は。杏奈ちゃんは戻ってこられないけど、ほかのメンバーは揃ってるじゃないかって」

やはりそういった声は存在しているのか。

だが、宍戸殺しの犯人が、もしオレンジ☆スカッシュのファンだとしたら、またもスキャンダルがひろがり、復活は絶望的になるのではないか。

そうした合理的な思考の外にいる者こそ、かたき討ちを考えそうではある。

「ね、思い出してくれる？　ちょっと異常なファンというか、過激なファンなんていなかった？」

夏希の問いに、ゆんはしばらく考えていた。

「ヘンなメッセージを送ってくる人はたくさんいましたけど」

ゆんはふたたび顔をしかめた。

「そうだった。オレスカ事件のときにずいぶん見たよ」

あの事件のときには、犯人に辿《たど》り着こうと、事務所に届いたオレンジ☆スカッシュあてのメッセージを小早川と手分けして片っ端からチェックしたのだった。

事務所がゆんたちの精神状態を気遣って本人には見せないでいたものにも目を通した。

――ゆんちゃん、ボクのリアル嫁になって下さい。

――ゆんちゃん、今夜もいっぱいいじめてね。お願い。

――ゆんちゃんのカラダよぉく知ってます。ボクのこと覚えてるでしょ？

――おまえ生意気だ。あんましいい気になるなよ。そのうち痛い目に遭うぞ。

――女性の分際で男を猿扱いして侮辱する貴女《きじょ》を許せません。貴女のような人間が美しい日本の伝統と文化を破壊するのです。必ず天誅《てんちゅう》が下ると思いなさい。

そんな不気味なメッセージが山ほどあった。

さらには「ストーカー行為等の規制等に関する法律」に違反する、自分の下半身と思《おぼ》しき写真を添付しているメールも少なくなかった。

メッセージのコピーは県警本部に資料として保存してあるはずだ。

だが、あの無数のメッセージを一人でチェックし直すのはかなり困難だ。次の事件を予告されている現在、そんな遠回りはしたくない。

「メッセージじゃなくて、おかしな行動をとってくるファンはいなかった？」

「熱心なファンの方はたくさんいましたけど、直接、嫌がらせなどをされたことはないですね」

ゆんは小首を傾げた。

「ちょっと調子の狂ったファンなんていなかったかな」

夏希は重ねて問うた。

「いないわけじゃなかったんですけど……」

ゆんは言いよどんだ。

「なんでもいいから思いついたことを話してくれるかな」

夏希は気楽な調子で訊《き》いた。

「オレンジ・モンキーズを名乗っている男の子たちがいました。事務所にあたしたちあてで大量にプレゼントを送りつけてきたり、コンサートの前に、スタッフ全員で食べても食べきれないほどのお菓子が送られてきたり、オレンジがいっぱい詰まった箱が何箱も届けられたり、あたしたちが困ってしまうような贈り物を何度も送ってきました。ちょっとしつこいというか、こっちのことは考えてないというか、そういう人たちでした」

そのときのことを思い出したのか、ゆんはちょっと不愉快そうな顔になった。

たしかにオレンジを山ほど送られたって困るだけだろう。

「オレンジ・モンキーズね」

メモを取るまでもなかった。

「だけど、いちおうあたしたちを好いてくれて善意でプレゼントをくれるわけですから、事務所も迷惑行為とは考えていませんでした」

それで捜査線上に浮かんでこなかったのか。

「どのあたりに住んでいる人たちなのかわかるかな」

「横浜周辺だと思います」

「横浜なの？」

「ええ、デビューして間もない頃、一度、オレンジ・モンキーズにお招き頂いて、港南《こうなん》台《だい》のレストランでライブやったことがあるんです。去年のバレンタインデーでした」

「レストランでライブやってたんだ？」

「ええ、人気が出るまでは、コンサートホールばかりじゃなくて、デパートとか商店街とかいろんなところでライブやってましたから」

「神奈川県内でもけっこう活動してたんだね」

「はい、都内を中心にコンサート開いてましたけど、みんな神奈川出身なんで、横浜や川崎、藤沢《ふじさわ》、厚木、相模原《さがみはら》なんかでもかなり仕事してたんです」

「そうそう、わたしが観たコンサートは野毛山《のげやま》野外音楽堂だったよ」

夏希は去年の八月頭に、小川と行ったオレンジ☆スカッシュのコンサートの当日のようすを思い出していた。

「真田さん、来てくださってたんでしたよね」

ゆんは嬉《うれ》しそうに笑った。

「ええ、楽しかったよ」

「ほんとに嬉しいです」

手放しにゆんは喜んでいる。

ゆんや杏奈らに罵倒《ばとう》されて悶絶《もんぜつ》するファンの姿に違和感を覚えたことは、この際黙っておこう。

「レストランのライブに来てた人たちの年齢層や人数はわかるかな？」

「たぶん一〇代終わりから二〇歳くらいで、つまりあたしや杏奈ちゃんと同じくらいの歳の子たちで、二〇人くらいかな……全員男の子です。名前とかはわかりません」

「ライブをオファーしたオレンジ・モンキーズの代表者の名前とか住所はわからないかな？」

「ごめんなさい。詳しいことはマネージャーの佐野《さの》さんじゃないと……」

ゆんは気まずそうに答えた。

オレンジ☆スカッシュのマネージャーだった佐野綱也《つなや》は収監後、脳血管障害で倒れて意思の疎通が難しい状態にあると聞いている。

「そうか……交渉とか契約とかには直接携わらないもんね」

「そうなんです。事務所に聞けば、なにかわかるかもしれませんけど」

事務所に聞いてみれば、ライブを企画した人間の名前くらいはわかるかもしれない。

思いついたようにゆんが言った。

「……あ、そうだ。リーダーっぽい人は、仲間にはエイちゃんとか呼ばれてました」

「やっぱり若い人なのかな？」

「そう、その人もハタチ前後くらいかな」

「あと、レストランの名前はわかるよね」

「もちろん覚えています。根岸線港南台駅近くの《リフレイン》というお店です」

その店には早く行ってみなければならない。

オレンジ・モンキーズの実態に迫っていけるかもしれない。

夏希はメモをとりながら次の問いを続けた。

「オレンジ・モンキーズのほかに、そうした異常な行動をとる人たちに心当たりはないかな？」

ゆんはちょっとの間考えていたが、ゆっくりと首を横に振った。

「ああ見えて、ファンの皆さんはジェントルというか、おとなしい人が多かったんです。だから、面と向かっておかしな行動をとる人はいませんでしたね」

メッセージはおかしなものだらけだったが、ほとんどすべてが実質上は匿名だった。

匿名性の陰に隠れなければ、非常識な態度はとれないファンが多かったのだろう。

考えてみれば、ファンのひとりである小川もおとなしいタイプというか、あまりはっきり自分の意見を言わないことが多い。アリシアのことでは妙に饒舌《じょうぜつ》になるのだが……。

もっとも、ゆんたちを守れと、県警本部に押しかけた連中はいたが、あれは一時的な群集心理というものなのかもしれない。

「でも、誤解されると困るんですが、オレンジ・モンキーズの人たちが迷惑だったたっていうわけではないんです。プレゼント攻撃が派手だったたっていうだけで、ライブでもふつうで迷惑行為はなかったです」

ゆんはありありととまどいの顔つきを見せた。

「わかった。いちおう参考にするだけだから」

「そうですよね」

ゆんはうなずいた。

「上杉さん、なにか？」

いちおう上杉に追加質問がないか訊いてみた。

「いや……とくにないよ」

上杉は静かに答えた。

「ゆんちゃん、ありがとう。オレンジ・モンキーズの情報、助かったよ」

「でも、あの人たちがそんなひどいことするなんて……。それに、あたしの答えで迷惑掛けちゃったら困るし」

ゆんの不安は消えないようだった。

「大丈夫。関係ないかどうか確認するだけだから。それにゆんちゃんから聞いたなんて絶対に言わないから安心して」

夏希はなだめるように言った。

「それならいいんですけど」

ゆんは不安そうな表情を残していた。

「じゃあ、今日はこれくらいで……元気でいてくれて本当に嬉しかったよ」

夏希はこころを込めて言った。

「あたしも真田さんに会えて嬉しかった。また会ってくれる？」

ゆんは上目遣いに尋ねた。

「もちろんだよ。ねっ、今度時間のあるときにどこかでご飯食べようか」

「いいですね！　横浜くらいまでなら出ます」

「美味《お》しいお店に連れてくよ」

「楽しみにしてます」

「ゆんちゃん、なにか心配なことや不安なこと、わたしの助けが必要なことがあったら、いつでも電話してね。夜中でもいいから」

「ありがとう……真田さん」

ゆんは瞳《ひとみ》を潤ませた。

夏希たちは、ゆんを森の里小学校まで送っていった。

ゆんはその姿が道路の向こうに見えなくなるまで、手を振り続けていた。

「かわいい子だったな」

ステアリングを握りながら、上杉はぽつりと言った。

「ほんとにいい子でしたね。ゆんちゃん、幸せになってほしい」

沙羅も大きくうなずいた。

「前の事件のときにすごくやさしい子だなって感じたんだ」

仲間の杏奈を気遣っていたゆんの姿をあらためて思い出した。

「さてと、向かう先は港南台だな」

上杉が声をあらためて言った。

「はい、《リフレイン》というレストランに行ってみたいんです」

「何時までか、調べてみますね」

沙羅はスマホを取り出すと、さっとタップした。

「現在営業中。今日は午後九時までの営業となっていますね」

「じゃ、問題ないね」

信号待ちの間に、上杉はカーナビに目的地を入力した。

「行きの道をそっくり途中まで戻って、横横の日野《ひの》インターで降りたらすぐだ。五〇キロくらいだから、だいたい一時間だな。五時過ぎには着くよ」

上杉は頼もしげに言った。

【3】


ランクルは厚木インターから東名高速に入って横浜へと向かった。

上杉が言っていたよりいくらか早く、五時頃に港南台駅に着いた。

JR根岸線の港南台駅は住宅地のなかに位置していたが、駅前はそこそこ発展していた。

行き交う人々を見ると、高齢者の比率が高い街のような気がする。

「この裏っかわだな」

路肩にランクルを停めた上杉は、駅前のビル群を指さした。

歩道の向こうに学習塾、居酒屋、不動産屋などが入った雑居ビルがいくつか並んでいる。

「《リフレイン》から十数メートルのところにコインパーキングもありますよ」

沙羅はスマホを覗《のぞ》き込みながら言った。

駅前通りから一本西側の裏通りに入ると、あたりは住宅街になっていた。

二階建ての新しい民家が建ち並んでいる。

店の少し手前に位置するコインパーキングにランクルを入れて、夏希たちはバラバラと外へ出た。

上杉は落ち着いたブリティッシュグリーンのマウンテンパーカーを羽織った。きっと防水透湿素材のゴアテックスを使ったタイプのはずだ。足もとはいつものようにレザーの軽登山靴で固めている。こちらもインナーにゴアテックスを使ったものだろう。

はじめて一緒に捜査したときは、天候の急変に耐えられないと夏希のファッションはひどくこき下ろされた。最近はうるさいことは言わなくなったが。

夏希たちは《リフレイン》へと向かった。

すれ違った主婦が、立ち止まって興味深げに夏希たちを見ている。

沙羅はいつもの黒のパンツスーツにライトグレーのトレンチコート姿だ。夏希はインナーに白いハイネックニットを着て、バーバリーチェックのウールパンツ。アウターにはキャメルのウールコートを羽織っていた。オーバーサイズめは今年のトレンドを狙ったものだった。三人のファッションがちぐはぐであることは否めない。

目指す《リフレイン》は、平屋建ての一軒家で白い漆喰《しっくい》壁と濃緑色の片流れの屋根を持つ洒落《しゃれ》た店だった。十数年は経過している建物のような気がする。

店の前は白い砂利が敷かれた小さな庭となっており、いくつかの鉢植えの緑が鮮やかだった。

前に置かれた黒板にはハンバーグやカレー、パスタなどのメニューが並んでいる。いまどきは珍しいなつかしメニューのカジュアルなレストランのようである。

濃茶の格子窓からはあたたかい光で照らされた店内が覗けるが、客の姿は見えなかった。

上杉が先頭に立って、木製の分厚いドアを開けた。

店内はすっきりとした二〇畳ほどの空間で、四人掛けの濃茶の木製テーブルセットが六つ置いてあった。

室内は外壁と同じような白い漆喰壁で、ジョアン・ミロの複製版画がいくつも飾ってある。

テーブルと似たような濃い色のフローリング床がひろがっていた。

店のいちばん奥は五人掛けられるカウンター席になっていた。三〇近い客席数ということになる。

「いらっしゃいませ」

若い男が快活に声を掛けてきた。

デニムのエプロンを掛けた小柄で華奢《きゃしゃ》な男だった。

全体にちまっとした造作でおとなしそうだが、頭の回転がよさそうな顔つきだった。

店の奥のカウンターでは、四〇代後半くらいの黒いセル縁メガネに口ひげの男がグラスを磨いていた。若い男と同じようにデニムのエプロンを身につけている。この男がマスターだろう。

店内にはコーヒーの香りが漂い、バロックらしい室内楽が低めのボリュームで流れている。

「お忙しいところすみません。神奈川県警の者ですが」

上杉が警察手帳を見せると、若い男はびくっと身体を震わせた。

目を大きく見開き、怯《おび》えたように上杉を見つめて黙っている。

私服捜査員がとつぜん訪れれば、こんな反応をするのはふつうのことだ。

「なにかご用でしょうか」

返事をしたのは、奥にいたマスターらしき男だった。

男は上杉と夏希たちを無言で眺めてからカウンターを出て歩み寄ってきた。

「この店で行われたイベントに参加していたお客さんについて、ちょっと伺いたいことがありまして」

上杉は丁重な態度で言った。

「そうですか、ちょうどいまお客さんがいないんでよかった。そこに掛けて下さい。いまコーヒーでも淹《い》れますから」

マスターはゆったりとした口調で答えて、近くの四人掛けのテーブル席を掌で指し示した。

「いや、どうぞお構いなく」

上杉はそう言いながら、指示された席に座った。

夏希は上杉と並んで座り、反対側に沙羅も座った。

しばらくすると、若い男がコーヒー四つをウッドトレーに載せて運んで来た。

四つのカップ&ソーサーを、男は手際よくテーブルに置いていった。

「さぁ、冷めないうちに召し上がって下さい……失礼しますよ」

マスターは愛想よく言うと、夏希の正面に座った。

「あの……準備中の札出したほうがいいですよね」

遠慮がちに若い男はマスターに訊《き》いた。

「そうだな、それからちょっと奥に行ってろ」

マスターの言葉にうなずくと、若い男は戸口へ向かって準備中の札を出し、バックヤードに消えた。

「この店のオーナーの酒井《さかい》です」

酒井は細面で神経質そうな雰囲気の男だった。

「刑事部の上杉と申します」

上杉は警察手帳をあらためて提示した。

酒井は上杉の警察手帳をあわてたように見た。

「同じく刑事部の真田です」

「同じく小堀と申します」

夏希と沙羅も警察手帳を提示した。

「お二人とも刑事さんとは思えないほどおきれいですね。芸能人みたいだ。びっくりしました」

夏希と沙羅の顔を交互に見て、酒井は驚きの声を上げた。

いきなり容姿に触れるのはセクハラ行為だが、聞き咎《とが》めるほどの内容でもない。

夏希も沙羅も答えを返さなかったので、酒井はちょっと気まずそうな顔つきになった。

「こちらのお店のイベント関係で伺いたいことがありましてね」

上杉は穏やかな口調で切り出すと、夏希にあごをしゃくった。

質問しろという意味である。

目顔で夏希が確認すると、上杉は無言でうなずいた。

夏希に質問させて、横から酒井の表情を観察するつもりなのだろう。

「こちらで開催されたライブのお客さんのことについてお話を聞きたいんですが」

夏希は上杉の質問を引き継いだ。

「うちはときどきライブをやるんですよ。椅子を移動して空間を作ると、四、五人のミュージシャンは入れますからね。誰のライブのお話でしょうか」

酒井はにこやかな表情で訊いた。

なるほど、席を左右のどちらかの壁に移動すればそれくらいのスペースは生み出せるだろう。

「去年の冬に開かれたオレンジ☆スカッシュというアイドルグループのライブです」

夏希の言葉に酒井は即答した。

「ああ、オレスカですか……かわいそうなことになってしまいましたね。あの子たちも」

酒井は気の毒そうな顔つきになってカップを口もとに持っていった。

「まだ未成年者もいますので……」

夏希は声を落とした。さっき別れたばかりのゆんの顔が思い浮かんだ。

「逮捕された子は別としても、ほかの子たちは何の落ち度もないのに、嫌な事件に巻き込まれて解散に追い込まれてしまったんですからね」

酒井は眉根《まゆね》を寄せて嘆いた。

「伺ったお話を記録にとりたいのですが」

横から上杉があらたまった顔で尋ねた。

「もちろん結構ですよ」

酒井は笑顔で答えた。

「小堀、記録とってくれ」

「了解です」

沙羅がスカイブルーのレザー表紙の手帳と、銀色のボールペンを取り出した。

「では、こちらで開かれたオレンジ☆スカッシュのライブのことについて教えてください」

ゆっくりと夏希は切り出した。

「あれは……去年のバレンタインデーの日ですよ。つまり、二月一四日です。オレンジ

☆スカッシュの四人が出演してくれて、一八時から一時間半くらいのライブをやりました。基本的には録音バックのライブです。ＰＡは事務所が持ち込んでくれました」
「四人のほかに何人が来たんですか」

「音響エンジニアが一名とマネージャーだけですね」

「こちらのお店が主催だったんですか」

「名目上はそうです」

「では、実際には違うんですか」

「うちは場所と名義を貸しただけなんです」

「場所というのはわかりますが、名義を貸したとはどういうことですか」

畳み掛けるように上杉は訊いた。

「いや、株式会社《ティアラ・プロモーション》と契約を交わしたのが有限会社《リフレイン・コーポレーション》ということです」

酒井はもったいぶった口調で言った。

この店は法人化しているようだ。

「つまり酒井さんが契約当事者だったわけですね」

「はい、そういうことです。相手は大手事務所なんできちんと契約しました。ですが、僕は名前を貸してやったに等しいんです」

酒井はあいまいに笑った。

「どういうことですか？」

夏希は問いを重ねた。

「その頃、この店によく集まっていたオレンジ☆スカッシュのファンが何人かいましてね。いつも結構、飲み食いしてくれてまして。つまりは常連です。そいつらが場所を貸してくれって話を持ち込んできたんですよ。だけどね、彼らじゃ無理なんですよ」

「なんで無理なんでしょうか？」

「全員が未成年だったんです」

「あ、彼らは契約当事者になれなかったんですね」

納得がいった。

「ええ、オレスカに来てもらうには、《ティアラ・プロモーション》と契約を交わさなければなりませんからね」

「でも、それでは酒井さんに支払い責任が生じてしまいますよね」

「その点は抜かりはありませんよ。あらかじめ彼らにギャラを出させましたから。僕の負担はありません」

「未成年なのにそんなお金を出せたんですか」

「駆け出しの頃だったんで、オレスカのギャラも安かったんですよ。一時間半でスタッフのギャラや機材込みで一八万程度でしたから」

「なるほど、それならたいした負担になりませんね」

「ええ、ぜんぶで二〇人くらいいたので、一人の負担は一万円にもならなかったんです」

「大学生のバイト代でも支払えるような金額ですね」

酒井はうなずいてからにやっと笑った。

「もっとも、すぐにブレイクしたんで、その後はたぶん一〇倍くらいに跳ね上がったと思いますが」

「そんなに高くなるんですか」

夏希は驚きの声を上げた。ゆんたち本人のギャラが一〇倍になるわけではあるまい。言葉は悪いが、中間搾取率が上がるわけだ。

「あの人たちは、人気がそのままギャラにつながる仕事ですからね。もっともそうなると、バックバンドなしではライブなんてやりませんし、こんな店には来てくれるはずもありません」

酒井はのどの奥で笑った。

「失礼ですが、オレスカのライブをやって、酒井さんにメリットはあるんですか」

夏希は丁寧な口調で訊《き》いた。

「ええ、二〇人入ってくれれば、うちとしては、ワンドリンクとワンプレートを出せればじゅうぶんペイできるんですよ。うちの店の負担はありませんし、満席になるんで、ふだんよりは利益が上がります。僕自身は別にオレスカのファンじゃないですがね」

淡々と酒井は説明した。

「なるほど……そうしたライブはほかのミュージシャンでも開催していたのですね」

「ええ、別の常連さんの希望で、ボサノヴァとかフラソングとかフラメンコなどのライブをやったこともあります。オレスカの場合とは違って、チケットを売ったわけですが」

この店なら駅からも近いし、ミニライブを開催すればある程度の集客は見込めるだろう。

「やはり、酒井さんが契約当事者になられたんですか」

酒井は首を横に振った。

「いいえ、違います。ほかのライブは場所を貸しただけです。それに、出演するミュージシャンが個人の場合には契約書などかわさず、口約束の場合がほとんどです」

「つまり、酒井さんがミュージシャン側と契約したのはオレンジ☆スカッシュの場合だけなんですね」

「そうです。誰もが未成年でしたので、頼まれて仕方なくと言ったところでしょうか。客と言っても僕の子どもに近い連中です。やっぱりかわいいですからね」

白い歯を見せてニッと酒井は笑った。

見かけ通り酒井が四〇代後半とすれば、一〇代終わりとなれば子どもと言ってもおかしくない年頃だ。

「彼らにファンクラブとしての名前などはあったのでしょうか」

これは重要な質問だ。

「単なるファンの集まりなので、正式な名前などあるはずないですが、オレンジ・モンキーズと名乗っていたようです」

予想された答えだが、ゆんの言っていたオレンジ・モンキーズの実在が確認できた。

「ほう、オレンジ・モンキーズですか」

上杉はとぼけた顔で横から口をはさんだ。

「どういった集団なんですか？」

夏希は問いを重ねた。

「いや、集団というか……この店にしょっちゅう来ていたお客さん同士で、なんとなくできあがったオレンジ☆スカッシュのファンクラブですよ。もちろん非公認の」

「二〇人くらいいたという話ですが……」

「ライブには二〇人くらい来ましたが、ファンクラブ的な活動をしていたのは五、六人だと思いますよ。あとは、誘われて当日ライブに来た友人たちでしょう」

「その五、六人はどんな人たちでしたか」

「まぁ、大学生が多かったようですね。講義の話などしていましたから。この近くの港南国際大学の学生たちじゃないですかねぇ」

酒井は記憶を辿《たど》るような表情になった。

「個々人の名前とか連絡先などはわかりませんか？　ひとりでもいいのですが」

夏希は期待したが、酒井ははっきりと首を横に振った。

「残念ながら、名前もろくに知りません」

「常連さんなのにですか？」

夏希の口調はつい詰め寄るようなものになってしまった。

「あなた、ご自分が行きつけのお店で名乗ってますか？　ご職業を伝えてますか？」

酒井の声はちょっと尖《とが》った。

「そうですね……たしかに名乗ったりしてません」

反論できなかった。

「飲食店とお客さんの関係なんてそんなもんですよ。言ってみればメニューだけでつながっている関係です。食事をするときに名刺を出す客はいません。もっとも連中は名刺も持ってないかもしれませんがね」

「とくにリーダーという人はいませんでしたか？」

「なんとなくリーダーっぽく振る舞ってた男の子は鈴木《すずき》という名前でしたね。たしか……」

おぼつかなげな顔で酒井は答えた。

その鈴木という男が、ゆんの言うエイちゃんなのだろうか。

「鈴木という人のファーストネームはわかりませんか」

「いいえ、残念ながら……」

「ところで、オレンジ・モンキーズはいまでも店に来るんですよね」

酒井はふたたび首を横に振った。

「それがね、オレンジ☆スカッシュが解散してから、みんなぱったりと姿を見せなくなりましてね」

「五、六人とも全員ですか」

夏希は念を押した。

「はい。一時期は大変に仲よくしているように見えたんですが……うちの店でも彼女たちの話で大盛り上がりしていることが多かったです」

「でも、誰も来なくなったわけですね？」

「しょせんはオレンジ☆スカッシュのファンというだけのつながりだったんでしょうね。悔しいけど、うちの料理が気に入って来てくれてたわけじゃないみたいですよ」

酒井は苦笑を浮かべた。

「料理は酒井さんがお作りになるんですかね」

夏希の問いに、酒井はちょっと胸を張った。

「僕はもともとは料理人です。でも、いったんは料理人の世界が嫌になって飛び出しました。その後はパソコン周辺機器メーカーの営業をやってました。だけど、料理人の世界以上につとめが嫌になりましてね。相続した実家の家と土地を売り払った金でこの店を買って、居抜きでレストランを始めたんです。おかげさまで料理のほうが意外と好評でしてね。最近は専門料理店が増えたせいで、カジュアルな料理の人気が高まっているんです。お客さまのほとんどは高齢の女性なんですけどね。七年間、なんとか食いつないでおります」

照れたように酒井は笑った。

つまり酒井はオーナーシェフというわけだ。

「オレンジ・モンキーズの面々の名前などがわかったら教えて頂きたいんですが」

「もし誰かが顔を出したら、連絡しましょうか」

「あ、すみません。わたしたちが来たことは本人たちに告げずに、こちらにお電話頂けませんか」

上杉はポケットをゴソゴソやると名刺を差し出した。

名刺を覗《のぞ》き込んだ酒井の目が大きく見開かれた。

「え……警視さん？」

警察手帳の身分証明欄にも階級は書いてあるが、提示されたときに読み取る者は少ない。

「ええ、まぁ……わたしは刑事部の根岸分室というところにおりますので、そちらにお電話ください」

「そんなに大きい事件なんですか」

驚き顔のままで酒井は訊いた。

「いや、いろいろと複雑な事件でして……」

上杉は言葉を濁した。

「あまりお役に立てず、すみません」

酒井は申し訳なさそうに頭を下げた。

「とんでもないです。お時間を頂戴《ちょうだい》して申し訳ありませんでした」

夏希は丁重に頭を下げた。

「ご協力に感謝します」

上杉は沙羅にさっと目配せをした。

尋問終了という意味だ。

沙羅は手帳とペンをしまった。

「その……オレンジ・モンキーズの子たちが、なにかひどいことをしたのでしょうか」

不安そうに酒井は訊いた。

「いえ、そういうわけではありません。ある事件について知っていることがあるのではないかと考えております。それで、彼らに会いたいのです」

上杉は事実を適当にごまかしながら答えた。

「どんな事件でしょうか」

酒井は身を乗り出した。

「申し訳ない。捜査の都合で現在のところは申しあげられないのです」

ちょっと不服そうな酒井の顔つきだった。

「みんないい子たちなんで心配なんです」

「繰り返しになりますが、オレンジ・モンキーズを犯人と疑っているわけではありません」

上杉はきっぱりと言い切った。

いまのところは、上杉の言葉は嘘ではない。

「それならばいいんですけど」

「ありがとうございました。またなにか伺うことがあるかもしれません。その節はよろしくお願いします」

夏希はもう一度頭を下げた。

「いつでもどうぞ。お客さんがいるところに刑事さんが現れてはびっくりしますから、事前にお電話頂けるとありがたいんですが」

酒井は名刺大の案内カードを上杉に渡した。

「ああ、すみません。我々は捜査の都合でいきなり伺うことも少なくないもんで」

少しも悪いと思っていないような上杉の顔だった。

「次にお見えのときには、うちの自慢料理の煮込みハンバーグを食べていって頂きたいですね」

「ええ、そうですね。次回はぜひ……お邪魔しました」

上杉は愛想よく笑ってあいさつした。

店を出た三人はぶらぶらと歩いてランクルに戻った。

あたりはすっかり暮れ落ちて、宵闇が住宅地を包んでいた。

それほどの収穫がなかったことに、夏希は落胆していた。

ランクルに乗るなり、夏希は上杉の背中に声を掛けた。

「酒井さんは本当にオレンジ・モンキーズの身元を知らないんでしょうか」

「うーん、隠しても意味ないんじゃないか。酒井としては警察がそっちに行ってくれたほうがいいだろうからな」

上杉ははっきりしない口調で答えた。

「でも、ライブまでやったのに、名前も連絡先も知らないなんて不自然じゃないですか」

夏希の問いに沙羅が隣で口を開いた。

「そんなに不自然でもないんじゃないかと思います」

「小堀さんは不自然だと思わないんだ」

「わたし、辻堂《つじどう》駅前の飲み屋さんによく行くんですよ。お店の人とも結構親しいし……。でも、サラとしか名乗ってないし、職業はもちろん言っていません。お店の人たちは勝手に、日本語が上手な外国人と思い込んでいるみたいです。でも、とくに訂正してません。ご飯食べる上で支障はないし……でも、『外人さんにこれが食べられるか』とか言って、納豆出されたときには笑っちゃいましたけど。なんでも秋田の超高級納豆をお客さんが持って来てくれたんで、おすそ分けっていうことだったんです。でも、わたしの父方のお祖母《ばあ》ちゃんは秋田の八郎潟《はちろうがた》の近くの出身なんですよ。わたし自身も納豆大好きなんです。しょっちゅう食べてます。なんなら、いぶりがっことかも出してほしかったです」

沙羅はおもしろそうに笑った。

自分がふたつの国の血を引いていることに対して、彼女はすごくナチュラルな気がする。いじめなどのない、よい環境で育ったに違いない。

「そうかぁ……そんなものかな」

夏希にはそもそも自分が常連になっているような店がなかった。

だから、飲食店の常連というものの存在がよくわかっていなかった。

「俺も通い慣れてる根岸の居酒屋があるんだが、名乗ってなんかいない。店の連中はヤクザかそれに近い稼業の人間だと思っているみたいだ」

低い声で上杉は笑った。

上杉は髪もちょっと長めだ。アウトドアマンっぽい服装でいることが多いし、世間のヤクザのイメージとはほど遠いのだが。初めて会ったとき、夏希は山小屋の主人みたいだという印象を受けた。

「ですよね」

我が意を得たりとばかりに沙羅がうなずいた。

「警察官は仲間同士で飲みに行く店を持っていることもあって、そういう店では身分を明かしていることもないわけじゃない。だけど、ふつうは名乗らないよなぁ」

「酒井さんにとくに疑惑はなしってことですかね」

夏希の問いに上杉は気難しげに答えた。

「ただ、ひとつ気になることがある」

「なんですか？　気になることって」

勢い込んで夏希は訊《き》いた。

「バイトみたいな小僧をわざわざ下がらせただろ」

「そう言えば、バックヤードに下がらせていましたね」

夏希たちが店に入ってすぐの話だった。

「あの男に俺の尋問を聞かせたくなかったんだろう。だが、酒井は聞かれて困るようなことを喋《しゃべ》ったか？」

夏希はいまの時間を振り返ってみた。

「いいえ、誰かに聞かれて困るような話はひとつも出なかったと思います」

「じゃあ、なんで酒井はあのバイトの小僧を追っ払ったんだ？」

「そうですね、理由がわかりません」

沙羅も首を傾げた。

「どんな流れになるかわからないから下がらせたと解釈すれば、いちおう合理的な説明は付くと思う。俺がどんな質問をするかは酒井にはわからないわけだからな。でも、そうだとしても、いったいどんな答えをあの小僧に聞かせたくないんだ？」

「わからないですね」

夏希にも見当がつかなかった。

「気になるんだ。どこか納得できないんだよ」

上杉は考え深げに言った。

「調べを進めてゆくしかなさそうですね」

夏希は《リフレイン》が事件解決への糸口になるのではないかと感じ始めた。

「そうだな……さてと、これからどうする？」

上杉が夏希たちを振り返って訊いた。

「わたしたちは日勤だし、もう今日はアガリだよね」

これから横須賀の捜査本部に帰る気はさらさらなかった。

「え……これから捜査会議だと思いますけど」

だが、沙羅は激しいとまどいの表情を見せた。

「大きな進展があれば、小早川さんあたりが連絡くれると思うんだ」

「じゃあ、小早川に電話入れてみればいいじゃないか」

上杉は気楽な調子で促した。

「そうですね。案ずるより訊くが早し」

夏希はスマホを取り出すと、小早川の番号を選び出してタップした。

「真田さん、どうですか？　そっちの状況は？」

すぐに小早川の高めの声が聞こえた。

「上杉さんと一緒に聞き込みに廻《まわ》ってるんですけど、たいした収穫がなくて」

「え？　上杉さんと？　どんな事件なんですか？」

小早川は不思議そうに訊いた。

「捜査上の秘密です」

「あははは……ちょっと待ってて下さいね。こっちから掛け直します」

講堂内では話しにくいことがあるらしい。

いったん切れた電話は一分ほどして掛かってきた。

「すみません、自販機コーナーに移動しました。こっちは残念ながら大きな進展はありません」

「長沼宗雄の周辺から有力な情報は出ていないんですね」

「そうなんです。海岸沿いの長沼の店舗や自宅周辺には防犯カメラもなく、彼が失踪《しっそう》した際の目撃証言も出ていません。また、鑑取りのほうもはかばかしい成果は上がってなくて……周囲の話では長沼は温厚で、人を殺すような男にはとても思えないというような証言ばかりです。また、誰かとトラブルを起こしていたという話も今のところはなにも出ていません」

「まだ一日ですからね。気長に捜査するしか……」

夏希の言葉をさえぎるように小早川は言葉を発した。

「これ……筋の読み違えじゃないですかね」

最後のほうは小さな声になった。あたりを気にしているのだろう。

「小早川さんは長沼は犯人じゃないと思ってるんですか？」

夏希は慎重に言葉を選んで尋ねた。

「いや、相変わらず確証はないんですけどね。でも、次の犯行予告があるわけですし……あれをブラフと考えるのはどうかなとも思っています」

小早川も夏希と同意見なのだ。

「エクスカリバーからの新しいメッセージはないんですね？」

「ええ、午前中の真田さんとの対話で終わっています。こちらも新しい材料がないんで、芳賀管理官に反論もできないわけですが……」

小早川の声は冴《さ》えなかった。

「捜査会議で言ったように、わたしも長沼に絞るのは危険だといまも考えています」

「堂々と反論できるだけの材料がほしいですが、メッセージ発信元の追跡も難航していますし、政治的な犯人も浮かんできてはいません。刑事部はそっくり長沼の捜査に持っていかれちゃってますしね。おまけに真田さんは黒田刑事部長に連れ去られてしまってるし……」

小早川は気弱な声を出した。

「ところで、戻らなくて大丈夫でしょうか」

「え？　戻るって、ここの捜査本部にですか？」

小早川は不思議そうに訊いた。

「こちらの今日の捜査はいちおう終了なんです。捜査本部で急用がなければ、わたしも小堀さんも帰宅したいのですが」

「僕にそれを決める権限はないですけど、戻らなくても大丈夫ですよ」

「ありがとうございます。その言葉が聞きたかったんです」

「明日《あした》もそちらの上杉さんとの捜査なんですよね？」

「たぶんそういうことになると思います。では、ありがとうございました」

「明日の捜査会議は九時からです。早くこちらに戻ってきてください」

小早川の声にはどこか孤独が滲《にじ》んでいた。

夏希は電話を切ると、沙羅に向かって言った。

「戻らなくっていいって」

「そうですか！」

さすがに沙羅も嬉《うれ》しそうだ。

ふたりとも日勤だから、勤務時間はとっくに終わっている。帰宅しても制度上はまったく問題がない。

「明日は二人とも横須賀署の捜査本部に戻れ。俺はひとりで動いてみる」

予想外のことをいきなり上杉は言った。

「でも……戻っても、役目がないんですけど」

夏希はとまどいを隠せなかった。

せっかく新しい筋道を追いかけられると喜んでいたところだ。

「わたし、今日はすごく勉強になりました。真田さんのゆんちゃんと酒井さんへの質問をそばで聞いていて、参考人聴取の最高のケーススタディができたんです。横須賀署の捜査本部に戻っても連絡要員では刑事としての勉強ができません」

沙羅も懸命に訴えた。

「君らの気持ちはわかる。だがな、俺は君らに生きがい、働きがいを与えるために捜査してるわけじゃないんだ。明日は俺ひとりじゃなきゃできない捜査をやる。悪いが、ふたりとも足手まといだ」

上杉は素っ気ない調子で言った。

夏希は過去にも同じように、上杉に捜査の途中で放り出されたことがある。

そのときはどうしていいかわからずに織田に電話をしたのだった。

結局、織田と《帆 HAN》で食事することになったのだが……。

上杉はこうしたときには、かなり乱暴な捜査をすることを夏希は知っていた。たとえば、脅迫的な言辞を弄《ろう》して関係者の聞き込みをするなどというのは上杉のお家芸だ。

夏希はまだしも、この純粋な新人の沙羅に上杉の違法行為だらけの捜査を見せるわけにはいかない。

「わかりました。明日はふたりとも捜査本部に戻ります」

　夏希はきっぱりと言い切った。

「一時的なことだ。また、ふたりを引っ張り出すよ。芳賀管理官にはうまいこと言っておく」

　上杉は慰めるように言った。

「お願いします。横須賀署ではふたりとも居場所を失っています。わたしたち、ちゃんと仕事がしたいんです」

　気負い込んだ夏希の言葉に、上杉は声を出して笑った。

「俺なら喜んで昼寝してるけどな」

　事件がないときの上杉は、ダラダラ過ごしているらしい。しかし、いざ事件の真相に迫ってゆくときはとんでもないエネルギーを発揮するのが上杉だ。文字通り、矢玉のなかを平気で突き進んでゆく男であることを夏希は知っていた。

　さらに相手が何者であっても少しも遠慮しない。だからこそ上杉は警察官として尊敬に値するのだ。

「えーと、真田は戸塚だな。小堀は辻堂だったかな」

「はい、辻堂です。でも、たいした働きもしていないのに、送って頂いては罰が当たります」

「ヘンな遠慮するなよ。じゅうぶん働いたじゃないか」

「ありがとうございます。では、わたしも戸塚駅まで送って頂ければ大丈夫です」

「辻堂まで行くよ」

「けれど、辻堂まで送って頂くとかえって遅くなってしまうと思います。戸塚から東海《とうかい》道《どう》線で一三、四分ですから。それにわたし、辻堂駅前に自転車停めてるんです」

「そうか、わかった。じゃあ、ふたりとも戸塚まで送ってく。その前に飯食ってこうか」

「そうですね。でも、お酒飲めませんけど?」

夏希は上杉をからかってみた。

「食事のたびに俺が飲むとでも思ってるのか。酒は帰ってからガッツリ飲むさ」

上杉は上機嫌に笑った。

結局、港南台入口バス停の近くにあったチェーン系のパスタレストランに入って三人は夕食をすませた。

【4】

九時少し前に舞岡の家に戻ってきた。

ランクルの上杉と沙羅に別れを告げて、夏希は部屋に入った。

シャワーを浴びて部屋着に着替えようと思っているところに、ドアチャイムが鳴った。

嫌な予感がして、夏希はドアモニターに歩み寄った。

「パンダ便でーす」

液晶画面に制服の若い男の姿が映って、快活な声が聞こえた。

（まただ……）

受け取ったのは、宅配便会社の小ぶりの段ボール箱。いつもの悪魔からの贈り物だった。

このままゴミ箱に放り込みたい気持ちを抑えつけて、夏希はリビングのテーブルに置いた。

貼付伝票はいままでの二通と少しも変わらない。《ファンタジアランド》からの玩具《がんぐ》、（福島正一様よりの贈り物）という記載も同じだ。

それにしても、この《ファンタジアランド》も夏希が不審に思って電話してきたのだから、いい加減に注文を受け付けないでほしいものだ。

もっとも、この荷物は夏希が電話する前に既に発送済みだったのかもしれない。

それに、冷静に考えてみれば、料金を振り込まれてしまった以上、商品を指定先に送付しなければ、《ファンタジアランド》側の債務不履行となってしまう。

夏希が受け取りを拒否していないのだから、店側としては送ってくるしかないだろう。

あらためて通販というシステムの奇妙な匿名性に夏希は気づいた。

だが、後々のために、今回も受領拒否という方法は採りたくなかった。

テーブルの上で段ボール箱を開けると、エアー緩衝材に包まれたピンク色の包装紙の細長い紙箱が現れた。またもギフト包装になっていて真紅のリボンが掛けてある。

添付されていた納品書に印字された「福島正一」の住所も電話番号もいままでと変わらない。

住所は日吉公園、電話番号は港北区役所だった。

気は重いが、中身を確かめなければならない。

夏希はゆっくりと包装紙を解いた。

「いやっ」

あらぬ声で夏希は叫んでしまった。

紙箱の透明フィルムの窓から見えているのはライトブルーのビキニを身につけたジュリエンヌだった。

箱には《浜辺のジュリエンヌ》の文字が躍っていた。

最初は鶴岡八幡宮で着た白い毛皮のコート、二番目はときどき着ていたデニムジャケット。今度は夏希が着たこともないようなビキニだった。

考えてみたら、ジュリエンヌは三度にわたってどんどん服を脱がされているではないか。

送り主のフェティシズムを感じずにはいられない。

もし、この一連の送りつけ行為を心理学で言う代償行動と考えると不気味さが頂点に達する。代償行動とは端的に言うと、ある目標を達成したいという達成欲求が満たされない場合に、その欲求と類似した別の欲求を代わりに満たすことによって精神的な満足感を得る行為である。

送り主が夏希の服を脱がしていきたいという欲求を持っているとも考えられるわけである。

夏希は背中にじんましんが出そうな不快さを覚えた。

と思っていたら、本当に両腕に鳥肌が立ってきた。

どうしてもガマンできなくなって、ほぼ反射的に夏希は織田の番号をタップしていた。

「あ、真田さん、こんばんは」

明るい織田の声を聞いて夏希の両腕の鳥肌はすーっと消えた。

「織田さん、お忙しいですよね？」

「三〇分くらいなら大丈夫ですよ」

「ほんとにごめんなさい。実は今夜帰宅したら、また、届いたんです……」

夏希の声は震えた。怒りと不安がごちゃ混ぜになっている。

「届いたって、例の人形ですか」

織田の声も張り詰めた。

「はい、やっぱり福島さんの名前で……しかも今度はビキニ姿です」

「なんと……」

織田は絶句した。

「代償行動だとしたら、本当に不気味で不気味で……」

夏希は正直に自分の気持ちをぶつけた。

「たしかにそういう傾向は否定できないですね」

低い声で織田はうなった。

「わたし……今夜は眠れそうもありません」

情けない声が出てしまった。

「うーん、触法行為かどうかの境界事例とも言えるかもしれませんね。前二回でははっきりしませんでしたが、ビキニ姿を送りつけてきたとなると、真田さんがおっしゃったような不安感を覚えるのも無理はありません。黙示による脅迫と解釈できなくはない」

「被害届を提出できないでしょうか」

「ですが、たとえば仮に捜査が開始されたとして、送り主を特定できたとします。そこからが難しい……」

織田は考え深げな声で言った。

「脅迫罪で立件できませんか」

「でも、正直言って、この三件だけで裁判官が捜索差押許可状や逮捕状を発給してくれるとは思えないんですよ。国民の人権に対する侵害についての世間の声はどんどん厳しくなっています。そのあたりをつよく意識している裁判官はまず絶対にうんと言いません」

織田の話す言葉の意味は夏希にもよく理解できた。

だが、感情は別ものだ。

「わたしの人権はどうなるんですか」

夏希は思わず突っかかってしまった。

「お気持ちは痛いほどわかります。ですが、現実は現実なのです」

織田は穏やかな声で答えた。

夏希は恥ずかしさに頬が熱くなった。

自分の不快感はもちろん織田のせいではない。こんなに親切にしてくれる織田に当たり散らしている自分がとても情けない人間のように思えた。

「ごめんなさい……織田さんに八つ当たりしたりして」

夏希は素直に詫《わ》びた。

「いいえ、怖いですよね……もしよかったら、一時的に僕のところに避難しますか？」

織田はさらっと言った。

「え？」

夏希は一瞬、織田の発する言葉の意味がわからなかった。

「舞岡のおうちは淋《さび》しいところにあるんでしょう。そのための不安もあるんじゃないんですか。僕の家は三軒茶屋《さんげんぢゃや》の駅から近いんで人通りも多いですし、あたりは明るい町場なんで少しは不安から解放されるんじゃないかと思いましてね」

やさしい声で織田は言った。

「でも、それは……」

夏希の全身はカッと熱くなった。

織田はいきなりなにを言い出すのだろう。

鶴岡八幡宮で緊張から解放された虚脱感から立てなくなったとき、抱きかかえてくれた織田の腕のぬくもりを思い出した。

「実は、今夜はあるプロジェクトが大詰めでしてね。警察庁《カイシャ》から帰れそうもないんですよ。僕の家の鍵《かぎ》は遠隔操作でスマホで開けられるんです。だから、家の近くまで来たら電話してもらえれば……」

「あ、けっこうです」

夏希は織田の言葉を尖《とが》った声でさえぎった。

なんだ。そういうことか……。

ヘンな誤解を与えた織田に腹が立ってきた。

それを先に言えという気持ちだった。

と同時に、どこかがっかりした自分にも腹が立ってきた。

「お気遣いありがとうございます。ご心配お掛けして申し訳ありません。明日《あした》は横須賀署の捜査本部に呼ばれてますので、こちらにいます」

　つい口調がきつくなった。

「あ、情報入ってますよ。元衆議院議員の宍戸景大殺害事件ですね。状況次第では僕も横須賀署に伺うこともあるかもしれません」

　織田は気にしたようすもなく、さらっと答えた。

　やはり、織田はどこかが決定的に鈍感な男なのだ。

　夏希はあらためて織田とプライベートな関係でつきあうことの難しさを感じた。

「捜査本部で一緒になったらよろしくお願いします。お忙しいところおつきあい下さりありがとうございました」

　つとめてやわらかい声を出して、夏希は電話を切った。

　それでも、織田に電話してよかったと思っていた。

　ジュリエンヌで湧き起こった不安感が、織田と自分自身への腹立ちなどでずいぶんやわらいだ。

　人間に生まれた感情は、このようにほかの感情で上書きしたり逸《そ》らしたりすることもできるのだ。

　感情の逸らし方については、パニック障害への対応などでもよく指摘されるようにいくつかの方法がある。発作が起きる前の深呼吸などの呼吸法がよい例だ。

　だが、激情に駆られたときには、別の感情が湧き起こるような方法を模索することも大切だなと夏希は思った。

夏希はバスタブに湯を張るためにリビングを後にした。

シャワーからバスに切り替えることにしたのだ。

バスタイムは夏希がとても大切にしている時間である。

とくに仕事でつらい目に遭ったときにはゆっくりくつろぐ時間が必要だった。

今日は、元気なゆんにも会うことができたし、《リフレイン》での時間も自分にとってはたいした負担ではなかった。

だが、一日の最後にろくでもないことが待っていた。

ビキニのジュリエンヌが届いた気持ち悪さから、とにかく自分を解放したかった。

今日のバスソルトには《サンタ・マリア・ノヴェッラ》の《ザクロ》を選んでみた。

イタリアはフィレンツェで世界最古の薬局として八〇〇年の歴史を誇るブランドのバスソルトである。

古くからの美しい街並みが残るフィレンツェは観光都市としても有名だが、金属加工業や繊維産業、ガラスや焼き物などの各種の工芸と並んで製薬業も盛んである。

中世のフィレンツェを大きく発展させたメディチ家は、ルネサンスの保護者として知られる大富豪であり、二人のローマ教皇を輩出したことでも知られる。メディチ家が一三世紀にスタートしたときには薬屋であったとされる。

フィレンツェでは中世以降、暗殺のためのたくさんの毒薬も研究開発されていたと聞くから恐ろしい。

ともあれ、現在の《サンタ・マリア・ノヴェッラ》はオーデコロンやポプリを代表的な商品としている。そのオーデコロンである《Melograno》（ザクロ）の香りを封じ込めたのが、このバスソルトである。

円筒形のパッケージには一面にザクロが描かれてかわいらしい。

バスタブに溶かし込むと、上品なやわらかく甘すぎないザクロの香りがいっぱいにひろがる。この香りだけでも癒《い》やし効果は高い。

実際に浸かってみると、実によく温まる。このバスソルトのネットの紹介文にも保温性が高いと書いてあったが、湯に入っているうちに実感できた。

香りを楽しみながら、《シークレット・ガーデン》が一昨年《おととし》リリースしたアルバム『ストーリーテラー』に身を委《ゆだ》ねる。

ノルウェー出身のピアニストであるロルフ・ラヴランドとアイルランド出身のヴァイオリニスト、フィンヌーラ・シェリーの二人が創り出すやさしい音の世界が、夏希をストレスからゆっくりと解放してくれる。

日本ではニューエイジ・ミュージックと呼ばれることが多いが、新古典派音楽に分類されることも少なくない。

ピアノとヴァイオリンをメインとしたインストゥルメンタルがメインだが、キャスリン・アイヴァーセン、ジョニー・ローガン、ラッセル・ワトソンなどのヴォーカリストをフィチャーすることも多い。

癒やし系の音楽とはこういうものだ、という雰囲気を持つやわらかい世界観は欧米では根強い人気を誇る。一九九六年のデビューアルバム『ソングス・フロム・ア・シークレット・ガーデン』はミリオン・セラーとなった。

湯から上がった夏希は、一人きりの酒宴を楽しむことにした。

今日はカヴァを選んでみた。

カヴァはスペインのカタルーニャを中心とした地方で醸されるスパークリングワインである。フランスのシャンパーニュと同じ醸造法を用いている上に、同じように原産地や製造法が法律により統制されているために一定の品質が保たれている。それでいて価格はシャンパーニュの半分以下なのでお得なスパークリングワインと言える。

シャンパーニュは日常的に飲むには経済的に厳しいものが多い。

だが、カヴァの多くは気軽に楽しむことができる価格帯なのだ。

カヴァの歴史は新しい。一九世紀の後半にシャンパーニュ地方で製法を学んできたホセ・ラベントスという人物が同じ製法で醸造を始めたのが最初だ。

シャンパーニュに比べると、どの銘柄も酸味が少ない点は飲みやすいと言える。ただし、ぶどうの品種によっては香りのクセが強い。

今夜は《ロジャーグラートロゼブリュット》を選んでみた。

かつてあるテレビ番組で《ドン・ペリニヨン》のロゼより美味《おい》しいと紹介され、話題になったことがある。

一〇〇〇円台で買えるのに、さすがにそれはない。だが、すごくお得なスパークリングワインであることはたしかだ。

夏希はスパークリングワインを飲むときにフルートグラスを使わない。フルートグラスは泡がよく立つように設計されているために、香りがあまりよく出てこないのである。ロゼなら大ぶりなピノ・ノワール用ワイングラスを用いる。

一度、あるソムリエから聞いて試してみたら、酸味が抑えられて香りがフルートグラスよりもはるかに華やかに感じられたのだ。

BGMにはスペイン、フランス、イタリアの女性ヴォーカルを自分でコンピにしたものを選んだ。

コルクを抜くと、ポンと小気味のよい音が響く。

音を立てないで開けるのが上品なわけだが、夏希はこの音がけっこう好きだった。

さっそくピノ・ノワール用のグラスにゆっくりとカヴァを注ぐ。

ちいさく泡が弾《はじ》けて素敵な酒宴の始まりである。

なにしろ色が美しい。

グラスのなかに、それこそザクロのようなルビー色が満たされてゆく。

実は《サンタ・マリア・ノヴェッラ》の香りからこのカヴァを連想したのだ。

さわやかな甘みとすっきりとした辛口、酸味はほどほどで飲みやすい。万人向けのカヴァかもしれない。土っぽい香りがもう少し弱ければ最高なのだが……。

マリアージュにはアヒージョやゴボウのフリットを組み合わせるのがよいと言われている。用意できるわけもないので、とりあえずカマンベールチーズを合わせてみた。

悪くはない。

身体に染み渡るカヴァに夏希の心は次第にやわらかくなっていった。

窓の外では雑木林が冷たい風にザワザワと鳴り続けていた。

【5】 二〇二一年二月四日（木）

翌朝の上杉は根岸線に乗って港南台を訪れた。

根岸駅から港南台駅までは根岸線で一本なのだ。しかも乗車時間は一二分ほどに過ぎない。

上杉の目には、《リフレイン》の酒井がやはりなにかを隠しているように思われた。

だが、あの男は突然現れた三人の刑事を見ても、たいして動揺していなかった。腹の据わったところのある男に思えた。

上杉の疑い通り、隠していることがあっても、簡単には口を割らないだろう。

二度目に訪問するときには、追及材料を集めて突きつけてやりたいと考えていた。

上杉はまず、港南国際大学の周辺部の飲食店への聞き込みを開始することにした。

オレンジ・モンキーズのメンバーが港南国際大学の学生たちだとすれば、この近辺の飲食店に立ち寄っているはずだ。

その連中がいつも《リフレイン》のカレーやオムライスを食べているはずはない。メニューとしても割高だし、もっとガツンとしたものを食べたくなるときもあるに違いない。

チェーンの牛丼屋やハンバーガーショップなどではスタッフも交替が多いだろうし、客と店の人間の会話はないに等しい。上杉は大学周辺のラーメン屋や居酒屋をまわってみることにした。

居酒屋は昼にランチなどで営業するにしても一一時頃からだ。まずはラーメン屋が狙いだ。朝ラーメンを提供している店があるかもしれない。

港南台駅から東へ四〇〇メートルほど離れた林のなかにある三棟の白い建物が港南国際大学の校舎だった。キャンパスは決して広くない。調べてみると、学生数は三五〇人ほどに過ぎなかった。

上杉の母校である東京大学には二七〇〇〇人ほどの学生が在籍する。大手の私立大学ではそれ以上の学生数も珍しくはない。そんな大学では街へ出た学生は雑踏に消えてしまう。

しかし、港南国際大学の場合には、この街でいくらかは目立つ存在かもしれない。あまりにも不確かな捜査方法だったが、なにかつかめることを期待するしかない。

この街には飲食店もそう多くはないのが救いだった。

たとえば目の前を走る根岸線終点の大船《おおふな》などはターミナル駅だけに飲食店の数も多い。とてもではないが、こんな捜査方法を採るわけにはいかない。

上杉は駅から大学へ向かう道筋にある《昇龍《しょうりゅう》》というラーメン屋に入った。

のれんを分けてアルミの引き戸を開け、店内に足を踏み入れる。

カウンターに七席と二人掛けのテーブルがふたつしかない狭いラーメン屋だった。

トンコツ系のスープの匂いが食欲をそそった。

客の姿は見えず、白い調理服のオヤジと明るいグリーンのエプロンを掛けたバイトらしき若い女性がヒマそうにテレビを見ていた。

「いらっしゃいませ」

一〇代終わりくらいの女性店員が愛想よく声を掛けてきた。

細くて小柄な明るい感じだった。胸に朋香《ともか》と書かれた名札をつけている。

上杉はかるく会釈してカウンターに座った。

オヤジは黙って厨房《ちゅうぼう》に戻った。

「もやしそば大盛りください」

起きてからコーヒーしか飲んでいないし、ちょうどよかった。

飲食店への聞き込みは、まず客としてメニューを頼むのが最上だと上杉は思っていた。

もちろん、ふだんはこうした聞き込みができるほどの時間的な余裕はない。

上杉のオーダーに朋香は重ねて訊《き》いてきた。

「麵《めん》の硬さどうします？」

「えーと、どうなってるの？」

「バリカタ、カタ、ふつう、ヤワ、バリヤワです」

「うーん、じゃあカタで」

どちらかというと、上杉は硬ゆでが好きだ。

「カタ大盛り」

朋香は声を張り上げた。

ほかに客がいないのだから、ふつうに喋《しゃべ》っても厨房へは届くはずだが。

「おまちどおさまです」

しばらく待つと、湯気をほかほか上げたもやしそばがカウンターに置かれた。

上杉はそれほど期待せずに箸《はし》を取った。

まずまずの味だった。こってり系のスープがもう少しやわらかければ、上杉の好みにかなり合う。麵のゆで加減もスープがうまくからんでちょうどよかった。

これだけの味ならば、昼時には相当に混雑するだろう。

「美味《うま》かったです」

上杉は素直な賞賛の言葉を口にした。決して社交辞令ではない。

「ありがとうございます」

にっこりと笑った朋香は素直な性格が感じられてかわいらしかった。

「あのね、ちょっと訊いていいかな？」

会計を済ませると、上杉はポケットから警察手帳を取り出して提示した。

「え？　刑事さんなんですか？」

朋香は素っ頓狂《とんきょう》な声をあげた。

「実はそうなんだ」

にっと上杉は笑って答えた。

それでも朋香の不安そうな表情は消えなかった。

「なにか問題ありましたか」

オヤジが眉根《まゆね》を寄せてカウンターまで歩み寄ってきた。

「違う違う。ご主人を逮捕しに来たわけじゃないって」

上杉は満面の笑みとともに顔の前で手を振った。

「麺のゆで方で逮捕されるとは思わなかったな」

六〇くらいのオヤジも釣り込まれて笑った。

「でも、このお店のもやしそばは逮捕したいくらい美味いですよ。ご主人を県警本部の食堂に引っ張って行きたいくらいだ」

愛想よく上杉はお世辞を口にした。

「あははは、手錠掛けないでくださいよ。それで、どんなことを？」

快活に笑うと、身を乗り出した。

「あのね、このお店にも港南国際大学の学生さん来ますよね」

「ええ、裏の大学の学生だよね。よく来ますよ」

オヤジはうなずいた。

「アイドルグループのオレンジ☆スカッシュについて、なにか話しているお客さんはいませんでしたか」

「オレンジ……なんていうんですか？」

オヤジは目をぱちくりさせた。

「店長、知らないんですか」

朋香はあきれ声を上げた。

「知らねぇよ。モー娘《むす》。の後はみんなごっちゃだ」

「ちょっとはアップデートしてくださいよ」

「意味ねぇだろ。アイドルに詳しいなんてのは」

「人気あったけど、去年、いろいろあって解散したグループですよ」

「だから知らねぇよ。俺の世代でアイドルグループったら、おニャン子《こ》クラブかプリプリだよ」

「なんです？　それ？　笑える名前なんですけど」

二人の会話が逸《そ》れてゆく。

「で、オレンジ☆スカッシュのファンはこのお店に来ますか」

上杉は朋香に向かって尋ねた。

「へぇ、そのファンってのが、なんかの事件の犯人なんですか？」

だが、答えたのはオヤジだった。

「いや、そういうわけじゃないんですけどね。そのファン連中がいろいろと事情を知ってるかもしれないんですよ。オレンジ☆スカッシュのこと話してる人、いなかったかな？」

上杉ははっきりと朋香に向き直って訊いた。

「オレスカは人気ありましたからね、高校生や大学生くらいのお客さんの話には出てきたの聞いたことあります」

まじめな口調で朋香は答えた。

「とくに印象に残っているお客さんとかいなかったかな？」

「えー、印象に残っているって言っても……」

朋香はとまどいの表情を隠せなかった。

「ごめん、わかりにくい質問で……じゃあ、オレスカファンっぽくて、よく来る人なんていないかな」

上杉はやさしい声で訊いた。

「ああ、それならいます。お昼にほぼほぼ毎日来る人。たしかオレスカがどうのって話してたことあると思います」

　朋香は元気に答えた。

「港南国際大の学生かな？」

「たぶんそうだと思います。民法の試験ヤバいとか話してたし」

「名前わかんないよね？」

「さぁ、名前までは……」

　昨日の話にも出ていたが、やはり飲食店で名乗る客はあまりいないのだ。

「その人、毎日来るのかな」

「ええ、土日とかはあんまり来ないけど。ピーク前の一一時くらいに来ることが多いです」

「今日も来ると思う？」

「たぶん……お昼はいつもうちのラーメン食べてるみたいなんで」

　上杉はポケットからメモ帳を取り出すと、一枚破って携帯番号を書きつけた。

「そうか……じゃあ頼みがあるんだけど、その客が来たら帰るときにこの番号に電話くれないかな」

「ここに電話すればいいんですね」

　メモを見ながら朋香は上目遣いに訊いた。

「悪いけど、お願いできるかな。このお店の名前なんかは出さないから」

上杉は顔の前で手を合わせた。

「それくらいのことでしたら……」

朋香は素直にうなずいた。

店を出た上杉は、《昇龍》の二軒隣にある喫茶店に陣取った。

おあつらえ向きのところに喫茶店があって助かった。そうでなければ、電柱の陰などで時を待たなければならないところだった。

朋香から電話が入るのをひたすら待つことにした。

一一時半を少し過ぎた頃だった。

スマホが鳴った。

「あの、刑事さん。いま店を出ました」

朋香の声が耳もとで響いた。

「そいつ、どんな服着てる？」

「えっと、紺色のキルティングのコートです」

「ありがとう。助かったよ。またそのうち行くからね」

上杉は支払いを済ませると、店を飛び出した。

五〇メートルくらい前方に、朋香の言ったとおりの恰好《かっこう》をした体格のよい男が歩いていた。

上杉は早足で距離を詰めると、さっと男の前に出た。

ツーブロックにした彫りの深い顔を持つ、一〇代終わりくらいの男だった。

目鼻立ちが大ぶりで、きつそうな性格に見える。

格闘技でもやっているのか、胸板が厚く全身の筋肉がよく発達しているように見える。

身長は上杉よりも高く、一八五センチくらいはありそうだ。

「なんですか」

青年は上杉の顔を見て一歩身を引いた。

「警察の者なんだけど」

まわりに見えにくいように、上杉は警察手帳を提示した。

幸いあたりに人影はなかった。

「なんで俺が……」

青年は一瞬、たじろいだ。

強そうに見えても、しょせんはガキだ。

「ちょっと話聞かせてもらいたいんだ」

上杉は丁寧な口調で頼んだ。

「えと、これ任意ですよね？」

青年は強気で聞いてきた。

「あたりまえだろ」

上杉は短く答えた。

「俺ちょっと用事があるんですけど」

青年は不服げにそっぽを向いた。

ムッときたが、上杉はやわらかい口調を保った。

「すぐに済むよ」

「だから、用事があるって言ってんですけど」

生意気な態度はますますひどくなってきた。

「こんな議論をしている間に終わる」

「だいたい、どこの所轄ですか」

「神奈川県警刑事部だ」

「手帳よく見せてくれますか」

上杉は手帳をしっかり開いて、青年の顔の前に突き出した。

そもそも警察手帳の身分証明欄に顔写真や階級は記されているが、記章部分の都道府県警名以外は所属の記載はない。

「へぇー、警視なんだ。えらいんですね」

青年は小馬鹿にしたように言った。

最近の若者はどこでこうした対応を覚えるのだろうか。

「とにかく話を聞かせてもらいたい」

「任意なら断ってもいいんですよね」

青年はニヤニヤしながら言った。

さすがに腹が立ってきた。断る気なら警察手帳をよく見せろなどと言わなければよいのだ。

「断るなら、こっちにも考えがある」

「脅したりしていいんですか？」

依然として青年はニヤついている。

上杉は下手《したて》に出るのをやめることにした。

「おい、小僧っ」

いきなり上杉は青年の胸ぐらをつかんだ。

「や、やめてくださいっ」

青年は悲鳴を上げた。

「いつまでも舐《な》めたことを言ってんじゃないぞ。たいそうな鼻っ柱じゃないか。ちょっと話を聞かせてくれって言ってるんだ」

上杉は一〇センチくらいまで青年の顔に自分の顔を近づけた。

「な、な、なんですか」

「嫌なのか？　ラストアンサーだ」

「わ、わかりましたよ」

「ようやくわかったようだな。ちょっとそこの喫茶店に行こうか」

「は、はい……」

青年はうつむいてちいさくうなずいた。

やはりこの男には用事などないのだ。

さっきまで待機していた喫茶店に、上杉は青年を引っ張っていった。

店内にはほかに客はいなかったが、いちばん奥の席に面と向かって座らせた。

とりあえずブレンドコーヒーをふたつオーダーした。

仕方がない。コーヒーくらいはおごってやろう。

「名前を聞かせてくれ」

「えと、小坂《こさか》と言います……」

小坂は渋々と名乗った。

「よし。小坂くんは、港南国際大学の学生か」

「はい、そうです」

小坂は一転して素直に答えている。

「君は、オレンジ☆スカッシュのファンだよね？」

上杉はやわらかい声に戻って訊《き》いた。

「え……」

小坂は見る見る両目を大きく見開いた。

「もう一回訊く。オレンジ☆スカッシュのファンだな？」

「そうですが……」

　上杉のつよい調子に小坂は怯《おび》えたようにうなずいた。

「ずっと前からのファンだったのか」

「ええ、結成時からのファンです」

「ファンクラブには入っているのか」

「いえ、そういうのには入っていません」

「解散しちまって淋《さび》しいな」

「そうですね」

　うつむいて小坂は答えた。

「オレンジ☆スカッシュのファンになった経緯というのもおかしいが、そんなのを教えてくれないか」

「もともと声優としての本多杏奈のファンだったので……高校生の頃から杏奈のファンでした」

「なるほど、彼女の主演作品とか観てたんだな」

「ええ、劇場用アニメとして初主演作品の二〇一八年の『アリスタボーイズの栄光』から観てます。『ユキと青い空』や『亡国のプラット』なんかも大好きでした。それで本多杏奈がヴォーカルユニット組んだって噂を聞いたんですよ」

「ファンになったのは、アニメの影響か」

「そうです。完全にアニメからです」

上杉は小坂の目を見つめてゆっくりと訊いた。

「ところで、駅の近くにある《リフレイン》ってレストラン知ってるな」

「は……」

小坂はふたたび即答を避けた。

自分がなぜ尋問されるかまったく見当がつかないようだ。

だが、小坂はおそらくは自分の回答が有利か不利かを考えているのだろう。

手間の掛かる男だ。

「さっさと答えろ」

こういうタイプにはコワモテでいくしかない。

「は、はい……知ってます」

消え入りそうな声で小坂は答えた。

「去年の冬に《リフレイン》でオレンジ☆スカッシュのライブが開かれたんだが、君はそのライブに参加したか？」

期待を込めつつ上杉は訊いた。

「はい……行きました」

小坂はうなずいた。

しめた！　上杉は小躍りしたい気持ちだった。

そのライブに参加していた以上は、オレンジ・モンキーズのことも知っているはずだ。

だが、表情には出さずに上杉は平らかに聞いた。

「君はオレンジ・モンキーズのメンバーなのか」

「いえ、違います」

小坂ははっきりと首を横に振った。

「違うのか」

「ええ、あいつらは過激なんで」

小坂はちょっと顔をしかめた。

「過激っていうと、彼らはどんなことをしてたんだ」

「まぁ、大量のプレゼントを送りつけたり、ストーカーみたいに事務所の前で張り込んでたり……」

プレゼントについては、小野木ゆんも言っていた。張り込みについては本人たちは気づいていなかったのかもしれない。

「《リフレイン》のライブは誰から誘われたんだ？」

「え……その……」

またも小坂は言いよどんだ。

「早く言え。手間掛けさせるな」

上杉はいらだちをあえてそのままぶつけた。

「同じサークルのヤツです」

小坂はあきらめたように答えた。

「なんてサークルだ」

「格闘技研究会ってサークルです。高校時代に柔道とか空手とかをやっていたヤツが多くて、カンフーとかシラットとかいろんな武術を身につけようってサークルです」

要は「なんちゃって武術サークル」らしい。

「で、友だちの名前は？」

「皆川隆夫《みながわたかお》っていいます」

上杉は内心で「ビンゴ！」と叫んでいた。

「そいつのことを詳しく教えてくれ」

声を低く抑え、小坂の目を見据えて上杉は訊いた。

「皆川は同じ二年生でクラスも一緒です。あいつは高校時代には空手をやっていて……」

とまどいながら小坂は話し始めた。

上杉は真実の解明に向かって大きな一歩を歩み始めたことを感じていた。

今日中にある程度の成果を上げられるかもしれない。

冷めかけたコーヒーをゆっくりとすすりながら、上杉はメモをとり続けた。

第三章　オレンジ・モンキーズ

【1】　＠二〇二一年二月四日（木）

朝、八時四〇分頃に夏希が捜査本部に着くと、さっそく小早川が近寄ってきた。

「おはようございます。よかった。真田さん、戻ってきてくれたんですね。さっき小堀さんから聞きました」

小早川は満面に親しげな笑みを浮かべた。

沙羅はすでに連絡要員の席に座っていた。

「今日はとりあえずこちらにというご指示ですので」

夏希としては、上杉と一緒に捜査を進めたかった。

「ありがたいですよ。メッセージ入ったらどうしようと悩んでましたから」

「エクスカリバーからのメッセージは入っていないのですね」

夏希は念を押した。

メッセージが入らない限り、この捜査本部で自分ができることはないのだ。

「ええ、いまのところは……」

「今日も次のメッセージが入るような予感がしています」

根拠のない単なる直感だった。

夏希は管理官席に歩み寄った。

冷たい目で芳賀管理官が夏希を見た。

「おはようございます。あちらからの指示で、今日はこちらにおります」

恭敬な態度で夏希は頭を下げた。

「黒田刑事部長から連絡が入っています。こちらとあちらを掛け持ちするそうね」

芳賀管理官は機嫌が悪そうだった。

「はい、そうなると思います」

「なんなら金沢署に立ってる捜査本部専属でいいのよ」

言葉にトゲがある。

「わたしもそうしたいのですが……」

夏希は遠慮がちに本音を口にした。

ただし真実は根岸分室所属なのだが。

芳賀管理官は夏希をきっと睨《にら》んだ。

「とにかくメッセージを待ちましょう。ブラフだとは思うけど、なにか手がかりがつかめるかもしれない。それを引き出すのが、あなたの役目だからね」

「はい、承知しております」

夏希は素直に答えて自席に座った。

講堂の後方には加藤と石田も座っていた。

ふたりは夏希に向かって軽く手を上げてあいさつしてきたが、なにか深刻に話していて近寄っては来なかった。

九時になると、捜査幹部が入場してきた。

今回は福島一課長と横須賀署長のふたりが顔を出していた。

さっそく芳賀管理官が立ち上がった。

「昨日、有力な被疑者として横須賀市在住の飲食店経営者である長沼宗雄、五五歳が浮上してきました。長沼は被害者である宍戸景大さんによって自分の大切にしていたレストランを倒産に追い込まれています。このレストランと自宅は宍戸さんの住居から海をはさんで対岸約二キロの距離の地点にあります。長沼は二月一日月曜日の夜から行方不明になっており、二月一日夜半から二日早朝と推察される宍戸さん殺害と時間的にも符合します。長沼が宍戸さんを殺害した後で逃亡し、どこかに潜伏しているおそれはつよいです。早急に長沼の身柄を発見・確保することを目的に昨日午後から新しい捜査態勢を敷きました。まずは長沼の自宅付近の地取りに当たっている捜査員から報告を」

捜査一課の若い捜査員が立ち上がった。

「タクシー会社に照会したところ、長沼は二月一日の午後一〇時過ぎにタクシーの迎車を頼んでJR衣笠《きぬがさ》駅まで乗車したことがわかりました。改札口を入る姿が駅の防犯カメラに映っていますので、横須賀線に乗ってどこかへ出かけたことは間違いありません。ここまでは昨日のうちに判明しました。残念ながら、現時点ではその後の足取りははっきりしません。ですが、JR各駅の防犯カメラなどをチェックすることにより、必ず足取りがつかめると考えております」

「かなり時間を食いそうね」

芳賀管理官は渋い顔つきになった。

捜査員が座ると、後方で若々しい声が響いた。

「すみません、その件についてよろしいでしょうか」

挙手したのは石田だった。

講堂内がいっせいに石田に注目した。

「あなたも地取り班だったわね。なにかわかったの？」

芳賀管理官は期待を込めた声で訊《き》いた。

石田はさっそうと立ち上がった。

「はい、つい今朝ほどわかったのですが、長沼は衣笠二二時四四分発の千葉行きに乗車し、二三時一〇分に到着した北鎌倉《きたかまくら》駅で下車しております。同駅の西口前にある大船警察署山之内《やまのうち》交番の防犯カメラが長沼の姿を捉《とら》えております」

「そう！　で、その後の足取りは？」

芳賀管理官の声が大きく弾んだ。

「それが……県道21号線を鎌倉駅方向に歩き始めたところまでは、別の防犯カメラに映っているのです。ですが、その後ぷつりと足取りが途絶えております」

「残念ね。でも、長沼が宍戸さん殺害後に姿をくらましたと考えられるわね。今日は北鎌倉駅周辺を徹底的に地取り捜査しましょう。必ず足取りがつかめるはずよ。でも、よく北鎌倉駅に捜査の足を延ばしたわね」

石田は得意げな笑みを浮かべると、頭を下げて着席した。

おそらくは加藤の直感だろう。加藤は衣笠から上りの横須賀線に乗った長沼が、そう遠くに行っていないと判断したのだ。それで衣笠から一駅ずつ東京方面に遡《さかのぼ》って駅や駅前の防犯カメラの映像をチェックしたものに違いない。一本の電車の到着前後だけチェックすればいいのだからそれほど時間は掛からないはずだ。

衣笠二二時四四分発の電車という遅い時間だったからなのかもしれない。あるいは衣笠駅の防犯カメラの映像に映った長沼が荷物を持っていなかったなどの事情があるのかもしれない。詳しいことは聞いてみなければわからないが、加藤は異常に勘のいい男だ。

「ほかに地取り班でなにか報告のある者は？」

芳賀管理官は捜査員たちを見まわした。

講堂内は静まりかえっている。

「では、鑑取り班。報告をお願い」

白髪だらけのくたびれた感じの捜査員が立ち上がった。

「長沼は中堅総合商社である白藍《しろあい》商事に勤めておりました。課長職で五年前に退職。イタリアワインの大ファンで、その趣味が高じてレストランを開こうと考えたようです。退職金と銀行からの貸し付けによって《ルモーレ・デル・マーレ》という席数二四のこぢんまりとした高級イタリア料理店を二〇一八年三月に開きました。海の眺めが最高なので、けっこう流行《はや》っていました。ちなみにこの土地はもともと長沼自身の実家のあった場所だそうです。現在も裏手に住居があります。昨日も報告があったとおり、再三にわたる宍戸さんのクレームによって一月の中頃に倒産に追い込まれました」

中年の捜査員が座ると、銀縁めがねを掛けた若い捜査員が立ち上がった。

「《ルモーレ・デル・マーレ》について気になる情報があります。現在、店の土地と建物には川崎相互銀行の抵当権がついています。ところで、この店に隣接してかつて《佐島迎賓館》というリゾートホテルがありましたが、八年前に廃業しています。いまも建物は廃墟《はいきょ》となって残存しております。で、その《佐島迎賓館》の土地を購入したのが大手ゼネコンの《石渡《いしわたり》開発》です。《石渡開発》は周辺部の住宅や魚肉加工工場などの土地を次々に購入しており、一帯に大規模低層高級マンションを建設するという噂があります。この噂が事実だとするとネックになるのが《ルモーレ・デル・マーレ》なのです。

レストランの土地がマンションの南側の五分の一ほどの重要な部分を占めているらしいのです」

「と言うとつまり」

芳賀管理官が続きを促した。

「《石渡開発》にとっては、《ルモーレ・デル・マーレ》が立ち退いてくれないと、この高級マンション開発計画は絵に描いた餅《もち》となってしまうのです。それで、これも周辺地域の噂に過ぎないのですが、《石渡開発》の人間が二年ほど前から何度か長沼の家に足を運んでいたらしいのです」

「要するに、宍戸さんが《石渡開発》の手先となって、立ち退きに応じない《ルモーレ・デル・マーレ》をクレームによって倒産に追い込んだという筋読みね」

芳賀管理官の声は明らかに興奮していた。

「現時点では断定できませんが、その可能性は高いと思われます。川崎相互銀行は《石渡開発》のメインバンクでもあります。抵当権を実行すれば、《ルモーレ・デル・マーレ》の土地はあっさりと《石渡開発》に転がり込む仕掛なのかもしれません。長沼はあるいはそのからくりに気づいていて、恨み重なる宍戸さんを殺害したのかもしれません」

捜査員は座った。

「新たな局面が浮上したわね。とすれば、脅迫メッセージによる次の犯行予告も意味を帯びてくる。ブラフとは言えなくなる。長沼の次のターゲットは《石渡開発》かもしれない……」

芳賀管理官は昂《たか》ぶる気持ちを抑えるように低い声で言った。

「ちょっといいかね？」

とつぜん発言したのは、福島一課長だった。

「昨日朝の捜査会議から急速に捜査が進展しているようにも思えるが、昨日のAとCの線は完全に消えたのかね」

昨日午後の捜査会議にいなかった福島一課長とすれば当然の疑問だろう。

「はい、宍戸さんに深い恨みを持っていた長沼宗雄が行方不明になっているんです。しかもその時期も殺害後の潜伏と考えれば納得できます。これは政治的な方面や、宍戸さんの衆議院議員時代の行動によるもの、あるいはアイドルグループ事件などの筋はすべて消えたと考えても差し支えないと思います」

芳賀管理官はきっぱりと言いきった。

「ううむ、そうかねぇ」

福島一課長は額に手を当てて考え込んだ。

「一課長、次の犯行予告メッセージも出ているんです。可及的速やかに長沼の身柄を確保する必要があります。根拠の薄い線に限られた人員を投入することはできないと思います」

芳賀管理官は言葉に力を込めた。

昨日はブラフとつよく主張していたくせに、今日はメッセージが重要だとは一八〇度反対だ。

まぁ、状況の変化に合わせて、考えを柔軟に修正できなければ、よい捜査官とはいえないだろうが。

今日の説明を聞いていると、オレンジ☆スカッシュの線も希薄なような気がしてくる。マンション開発がらみが本筋だとすれば、夏希たちの捜査はまったく無駄ということになる。また、今日の上杉も無駄な捜査をしていることになる。

もっとも、刑事捜査においては九割以上が無駄足という指摘もある。可能性のない筋を潰《つぶ》してゆくのも大事な捜査なのだ。

だが、単なる直感だが、夏希には一連のメッセージを長沼という男が発しているようには思えなかった。いままで聞いた長沼の事情からすると、文体などがクールに過ぎるように思われたのだ。

「わかった。まずは長沼の線だな」

福島一課長は納得したような声を出した。

「はい、長沼です。ですが、現時点では逮捕状の請求は困難だと考えます」

「わたしもそう思う。恨んでいた、と殺した、はつながる。だが、その間には深くて暗い溝がある。人間は誰かを殺したいほど恨んでいたとしても、そうそう簡単に殺せるもんじゃない。もう少し、具体的な証拠が見つからなければな」

気難しげな声で福島一課長は言った。

「そうなのです……それじゃあ宍戸さん宅周辺の地取りに当たっていた者から報告して」

芳賀管理官の声に、黒いパンツスーツ姿の三〇歳前後の女性捜査員が立ち上がった。

「宍戸さん宅付近は防犯カメラがなく、足取りをつかむのは大変に困難な状況となっています。不思議なのは、宍戸さんが『飲みに行く』と妹さんに告げて家を出た二月一日の夜にタクシーの迎車がないという点です。宍戸さんの自宅周辺には二〇〇メートルほど先の長井漆山漁港近くに二軒の飲食店があって、たまには顔を出していたようです。ですが、当夜、宍戸さんはその二軒をはじめ周辺部の飲食店に立ち寄っていません。長井の飲食店はどちらかというと地元の漁師相手の店ばかりです。贅沢《ぜいたく》好みの宍戸さんはタクシーで三浦海岸駅近くの飲食店に飲みに行くことが多かったそうです。従って、行方不明になった当夜、宍戸さんが本当に飲みに行ったのかは疑問です」

「長沼の行方は北鎌倉の後はわかっていないのよね？」

芳賀管理官の問いにひとりの年輩の捜査員が立ち上がった。

「長沼が帰宅したところを目撃した者はおりません。同居していた女性は二月一日の午後二時頃に長沼の家を出て、その晩は埼玉県内の実家に宿泊し、翌二日の午前一〇時頃に帰宅しているので、長沼の当夜の行動については不明です」

「やはり、長沼が怪しいのは間違いないようね。事件当夜の行動が不明なわけだから。

ところで、海保に行った者の報告は？」

「はい、海保では、荒崎海岸付近の潮流は非常に複雑で、どこから遺体を遺棄したら、いつどこに漂着するとの予測はまったくできないと言われました。従って、仮に宍戸さんが海に放り込まれたのが自宅付近の長井漆山漁港付近であろうと、あるいは長沼の自宅付近の佐島漁港付近であろうと、荒崎海岸に数時間から数日の間に漂着する可能性はあり得るとのことでした」

「そう、遺棄場所も時刻もそちらからは辿《たど》れないのね」

芳賀管理官の言葉が終わると、福島一課長が小早川に向かって尋ねた。

「ところで、メッセージのほうはどうなっているのかね。小早川くん」

小早川はさっと立ち上がった。

「はい。ちょっと復習ですが、エクスカリバーは天誅《てんちゅう》を下すことを宣言したいために、ツィンクルに投稿しています」


――この世に、害悪を、及ぼす悪人どもに、正義の、剣を振るう。まずは、極悪人の、宍戸景大を、絞殺して、第一の、天誅を下した。次の悪人に、第二の、天誅を下す。首を洗って、待っていろ。　エクスカリバー

「この宣言には無数のリプライがついていますが、うちのほうで精査した結果、事件と

関係のある者の投稿は皆無と判断しました」

小早川は朗々と言い放った。

きっと地道で大変な作業だっただろう。

「続けて、これを見て下さい」

小早川がPCを操作すると、スクリーンに昨日の夏希とエクスカリバーの対話のようすが映し出された。

「これは昨日のお昼前に、真田分析官とエクスカリバーの間で交わされた対話の全文です。当初、読点の多い文章のスタイルからエクスカリバーは高齢者ではないかとの仮説もありましたが、この対話で、それが偽装であったことが判明しました。立て続けの対話に偽装しきれなかったものと思われます。エクスカリバーが宍戸さん殺しの真犯人であることは、真田分析官のテストでほぼ確実です。エクスカリバーは自分の正体につながるようなことについては何ひとつ語っていません。また、次の犯行のターゲットについても沈黙しています。ただ、この部分に注目して下さい」

小早川はレーザーポインターで対話の一部を指し示した。

——私がその罪を明かしたら、警察は次のターゲットを探し当てるかもしれない。そうすれば、君たちはそのターゲットを警護するはずだ。それでは正義の実行に支障が出る。

――つまり、あなたが次のターゲットとしている人は、宍戸景大さんと同じような罪を犯しているのですね。

――そういうことだ。宍戸と同類の極悪人だ。ヤツと同じように天誅を下す。罪なき者を不幸に陥れた者がぶざまな姿で苦しんで死ぬのを楽しみに待っていろ。

「エクスカリバーは正義の実行であることは宣言したい一方で、次のターゲットを我々が探し当てることを懸念しています。そのため、発言も抑制的になっているのだと思量します。ということは、我々警察に見当の付きそうな人間が次のターゲットだということです。その人間を、宍戸と同じようなぶざまな姿で殺してやるという宣言もしています。またも残虐な殺し方を狙っているようにも思います」

小早川の説明にうなずいた福島一課長は、夏希を見て口を開いた。

「真田はこのメッセージからどんな犯人像を思い浮かべているのか話してくれ」

芳賀管理官が嫌な目で夏希をじろりと見た。

昨日の対立以来、どうも嫌われてしまったようだ。

だが、そんなことを気にしていては、自分の仕事はつとまらない。

刑事や一般の警察官が感じ取らないような人間のこころを見つめるのが、心理分析官としての役割だ。管理官などと意見が対立するのはあたりまえのことだし、階級差に遠慮していては仕事にならない。

「まず小早川管理官のお言葉のように、最初の公開メッセージの読点だらけの文章は高齢者などを偽装しようとした疑いがつよいです。次にわたしとの対話から感じたことは、このエクスカリバーは、非常に強気の人物であるということです。断定的につよく言い切る文体にその個性を感じます。また、自分の正体を覆い隠そうという狡猾《こうかつ》さを感じさせます。硬い文体や少ないメッセージ量、まったく感情を見せないところからそのように感じました」

福島一課長は大きくうなずいて次の問いを発した。

「いま第一の被疑者とされている長沼宗雄が発しているメッセージだと考えてよいかな」

「文法も正しく語彙《ごい》もある程度は豊富なことから、教育程度は高い人間だとは思いますが……ですが……」

夏希は言いよどんだ。

「感じたことを率直に言ってくれ」

福島一課長は静かな調子で促した。

「宍戸さんにクレームをつけられておとなしく謝罪し、なんだかんだ言って追い払うこともできず、最終的には追い詰められて大事な店を倒産させてしまった長沼宗雄という人物とは整合性が弱いような気がします」

　言葉にしているうちに、夏希は自分の違和感の正体がはっきりしてきた。

「なに言ってるの。長沼が真犯人《ホンボシ》に決まってるじゃないの」

　芳賀管理官がいらだったようすで言った。

「まぁ、芳賀さん、真田の意見を最後まで聞こうじゃないか」

　福島一課長にたしなめられて、芳賀管理官は不服そうにうなずいた。

「エクスカリバーが長沼であれば、そんな風に追い込まれる前に、宍戸さんに向かって牙《きば》を剝《む》くような気がするのです」

　夏希はきっぱりと言い切った。

「なるほど……一理あるな。そもそも連続殺人を犯そうとして、それを世間に対して宣言する。さらに、警察を代表する真田の呼びかけにもあっさり答えてくる。肝の据わった人間でなければできない行動のようにも思う。たしかに宍戸に追い詰められた長沼はもっと弱気な人間という気がするな」

　福島一課長はしきりとうなずいている。

「適当な感想はこの際、不要です」

　芳賀管理官は眉間《みけん》にしわを寄せて不快げに言った。

　夏希はムッときたが、自分を抑えた。

「感想はないだろう。真田の分析はいままでも多くの事件解決に役立ったんだ」

福島一課長の言葉で、気分が少し収まった。

「とにかく長沼を確保することが先決です」

芳賀管理官はつよい調子で決めつけた。

「その方針については反対しない。だが、全員を長沼確保に向けるのはどうかと思う。捜査員の一部は宍戸の鑑取りに戻したほうがいい」

福島一課長は静かに、しかし、重々しい調子で言った。

「了解しました。では、あらためて捜査員の班分けを行います」

芳賀管理官の全身から、不満が炎のように噴き出ているかの如く見えた。

後の祟《たた》りが恐ろしいと夏希は思った。

「福島一課長のご指示により、捜一と所轄刑事課の捜査員を三つに分けます。一班は長沼宗雄の鑑取り班、《石渡開発》関係のさらに詳しい事情に当たるように。次の犯行のターゲットとなるおそれもあるので半分の捜査員を投入します。二班は長沼の地取り班です。北鎌倉駅で下車後の足取りをつかむように。長沼がクルマやバイクを北鎌倉に用意していた可能性もありますが、タクシーを使っていると考えるほうが自然です。付近のタクシー会社などを徹底的に洗いなさい。三班は被害者宍戸さんの鑑取り班です。長沼以外に犯人がいる可能性がないかを当たって下さい。二班と三班には残りの人数を半分ずつ割り振ります。警備部と真田分析官にはネット関係をお願いします。では、後方で班分けをします。以上」

芳賀管理官は、テキパキと指示を出して会議を締めくくった。

だが、わざわざ夏希の名前を出さずともよさそうなものである。

完全に嫌われたということだろう。ま、誰とでも仲よくできるものではない。

幹部席から離れて福島一課長が歩み寄ってきた。

夏希は反射的に立ち上がった。

「真田、分析は役に立ったぞ」

笑みを湛《たた》えて福島一課長は言った。

「ありがとうございます」

「ところで、どうだ？　例の一件は？」

あいまいな表情で福島一課長は訊《き》いてきた。

「実は昨夜も一課長のお名前で一体届きました」

「また、わたしの名前を使ってるのか」

「ええ。同じショップから、同じ住所と電話番号を使って……今度は水着姿でした」

「なんだ。破廉恥だな」

「破廉恥というか、とにかく不気味です」

「相変わらず脅迫メッセージなどは添付されていないのだろう？」

「ええ、納品書だけしか入っていませんでした」

「となると、立件は困難だな」

「相談した織田さんにもそう言われました」

「うん、相手のこれからの出方を待つしかないな。ところで、わたしはまた金沢署のほうに戻らなければならない」

福島一課長は間合いを少し詰めて低い声で言った。

「困ったことがあったら、金沢署に直接連絡してきなさい」

意味ありげに福島一課長は笑みを浮かべた。

芳賀管理官の夏希への負の感情に気づいているらしい。

「ありがとうございます。お言葉だけでも救われます」

夏希はほほえみを浮かべて頭を下げた。

「まぁ、いつもの調子でやることだ。小早川くん、真田を頼んだよ」

「はい、できるだけのことはします」

小早川ははっきりした声で答えた。

福島一課長は、芳賀管理官のところへ近づいて二言三言話すと、講堂を出て行った。

力づよい味方がいなくなった淋《さび》しさが夏希を包んだ。

班分けの済んだ捜査員たちは次々に講堂を出て行った。

加藤と石田もちょっと手を上げてあいさつすると、廊下へと消えた。

「じゃあ、ネット関係はおふたりにお願いしますね」

ほとんど意味のない指示を出して芳賀管理官は自席に戻った。

勝手にやってろという姿勢だ。

しばらくすると、かもめ★百合のツィンクルアカウントにDMが入ったことを知らせるアラームが鳴った。

夏希は緊張してPCの画面を見た。

小早川は管理官席でなく、夏希の隣に陣取っていた。

——かもめ★百合どの、おはよう。エクスカリバーだ。

メッセージが届いたことはわかっているはずだが、芳賀管理官は近づいてこなかった。

「返信して下さい」

小早川がせっつくように言った。

「わかりました」

——おはようございます。

——第二の正義の実行は明日《あした》に決めた。

「なんだって！」

こわばった声で小早川が叫んだ。

——やめてください。あなたはさらなる悲劇を繰り返してはいけません。

——正義の実行を誰も邪魔できない。

相変わらずエクスカリバーは仮面をかぶっている。

夏希は挑発行為に出ることにした。

——自分の恨みを晴らすのが正義ですか？

——なんだと？

——あなたは自分を不幸に陥れた人間に復讐《ふくしゅう》しているだけではないのですか？

「真田さん……」

小早川が乾いた声を出した。

――馬鹿なことを言うな。

――違うのですか？

――違う。正義の鉄槌《てっつい》を下しているのだ。

――違うのですか、店長？

夏希の額に汗が滲《にじ》んだ。
思い切って長沼を疑っていると匂わせてみたのだ。
一瞬、返信が滞った。

――誰のことを言っているのだ？

――では、あなたの愛する者を不幸にした者への復讐なのではないですか？

ふたたび、返信が滞った。

——なにをわけのわからないことを言っているのだ。

——あなたがつよい愛情を注いでいた人間たちを不幸に追いやった者へ復讐をしているのではないですか？　エイちゃん？

夏希の背中に汗が流れた。

反応が返ってこない。

「どうしたんでしょうか」

小早川が不安げに夏希の顔を見た。

「もしかすると、こちらの線ではないでしょうか」

三分ほど間が空いてから返信があった。

——明日を楽しみにしていろ。以上だ。

——ちょっと待ってください。

「芳賀管理官！　ちょっと来てください」

興奮気味に小早川が叫ぶと、芳賀管理官が早足で近づいてきた。

「どうしたんですか？」

「エクスカリバーが次の犯行の予告をしてきました。真田さんとの対話を見てください」

小早川は画面を指さした。

芳賀管理官はさーっと対話に目を通した。

「たしかに明確な犯行予告ね。明日か。《石渡開発》の誰を狙っているのか、早く突き止めなくては」

「ターゲットは本当に《石渡開発》なんでしょうか？」

エクスカリバーが長沼とは思えなくなっていた。

「いままでの流れから見て、ほかには考えにくいでしょう。ところで店長と呼びかけたのは長沼のことを指しているんでしょうけど、危険すぎない？」

険しい顔つきで芳賀管理官は言った。

「相手が仮面をかぶっている場合には、揺さぶりを掛ける必要があります」

自信を持って夏希は答えた。

「わたしは賛成できない。相手を追い詰める結果にもなりかねない。それになに？　エイちゃんというのは」

「こ、これは……」

「誰のことを指しているの？」

夏希は答えに窮した。

「答えなさい」

厳しい声で芳賀管理官は訊いた。

「いや、C班がらみでちょっと耳にした名前です」

上杉との捜査のことを口にするわけにはいかない。夏希としては適当に答えるしかなかった。

「あなたねぇ、捜査会議にも出ていない人名を犯人に突きつけるなんてどうかしている」

心底からあきれたという芳賀管理官の表情だった。

「すみません」

夏希はとりあえず頭を下げた。

「次にメッセージが入ったときには、わたしを呼びなさい。返信については事前にチェックさせてもらいます」

目を吊《つ》り上げて言うと、芳賀管理官は靴を鳴らして自席に戻っていった。

最悪の気分だった。

対話をいちいちチェックされたのでは、迅速な対応ができない。

それ以上に、夏希の自由な発信が阻害されてしまう。

いままで、犯人との対話でここまでダメ出しをされたことはなかった。

芳賀管理官にそばから口出しされたのでは、自分の職務は全うできない。

だが、それきりエクスカリバーからのメッセージは送られて来なかった。

【2】


不快な気分のまま一日を過ごして、定刻の五時一五分には横須賀署を後にした。

気分が晴れなかった夏希は、横浜で映画を観て気分転換を図ることにした。

スマホで調べてみると、みなとみらいのイオンシネマで深川麻衣《ふかがわまい》主演の『おもいで写眞《しゃしん》』という邦画を上映中だった。

夏希はみなとみらいまで足を延ばすことにした。

メイクアップアーティストを目指していた主人公の音更結子《おとさらゆうこ》は故郷の富山に帰ってくる。幼なじみの町職員から頼まれ、老人の遺影写真を撮る仕事を始めるのだが……。物語は予想外の展開を見せてゆく。熊澤尚人《くまざわなおと》の監督・脚本。本人が書いた小説を原作とするそうだ。

深川麻衣の初々しい演技もよかったが、なんといっても吉行和子《よしゆきかずこ》の芝居が最高だった。かつての『おくりびと』や『DESTINY 鎌倉ものがたり』などの演技もよかったが、さらに円熟の境地だった。この俳優はいまや庶民の老女を演じさせたら、最高の輝きを持つのではないか。やっかいな老人に扮《ふん》した古谷一行《ふるやいっこう》の演技もしみじみと観た。

何度か入ったことのある海の眺めのよいアメリカンダイナーで夕食を済ませ、夏希はほろ酔い気分で舞岡駅でブルーラインを降りた。

駅のホームを歩いていると、バッグのなかでスマホが鳴動した。

ディスプレイを見ると、小早川だった。

嫌な予感とともに近くのベンチに座って夏希は電話をとった。

「あ、よかった。つながった」

「すみません、電車乗ってて気づかなかったかもしれません」

「いや、まだ三度目ですから」

「なにかあったんですか？」

新しい展開が出てきたはずだ。

「それが……大変なことになりましたよ」

小早川の声には緊張感がみなぎっていた。

「いったい何があったんですか？」

気ぜわしく夏希は訊いた。

予告した第二の犯行が行われたのだろうか。

次の言葉は夏希の予想とは違っていた。

「長沼が……長沼宗雄が遺体で発見されました。夕方のことです」

小早川の声は乾いていた。

「なんですって！」

思わず夏希は大きな声を出した。

幸いにもまわりには乗降客の姿はなかった。

「長沼犯人説で動いていた捜査本部は大混乱に陥っています」

「長沼さんは殺害されたのですか……」

気を取り直して夏希は訊いた。

「そうなんです。他殺だと思われます。検視段階ではありますが、絞殺体で間違いなさそうなんですよ。遺体発見の事実はすでに報道されています」

映画を観ていた頃に報道されたのだろうか。絞殺となると、宍戸を殺した罪の意識による自殺でないことは確実だ。

「どこで発見されたんですか」

「荒崎海岸です。夕陽を見に来たカップルが発見して一一〇番通報しました」

やはり遺体は海から上がったのだ。

「絞殺後、遺体を海に遺棄したとなると、手口が宍戸のときと同じですね」

「ええ、そうなんです。捜査本部では同一人物による犯行という見方がつよくなっています。さらに、福島一課長は長沼殺しがエクスカリバーの予告していた第二の犯行ではないかと主張なさっています」

「あ、福島さん見えているんですね」

「ええ、遺体発見の第一報で駆けつけてこられました。連続殺人事件の可能性が高くなったわけですからね」

「わたしも行ったほうがいいですか」

夏希はこわごわ訊いた。

「一課長は真田さんは戻らなくていいと言っています。なので、捜査会議が終わってからお電話しました。明日《あした》朝、九時の捜査会議に出席してください」

「わかりました」

ちょっとホッとした。福島一課長の心遣いも嬉《うれ》しかった。

たいして飲んではいないが、酒気帯びで捜査本部に参加するのは気が引ける。

「捜査は完全に仕切り直すしかありません。今夜はとりあえず宍戸と長沼の鑑取り中心に動く予定です。自信を持ってた読みが大はずれで、芳賀管理官がすっかり元気なくしてますよ」

小早川の声はクールだった。

自分もないがしろにされていたという思いがあるのだろう。

「まぁ、読みが外れるのは普通のことですよ」

夏希としてはざまぁみろとは思いたくなかった。同じような立場にいつ陥るかはわかったものではない。

「こうなると、真田さんの対話能力が頼りになってきますね」

小早川の声に期待が滲《にじ》んでいた。

たしかにエクスカリバーから情報を引き出すことの重要性は飛躍的に増大したはずだ。

「あれ以来、エクスカリバーからのメッセージは入っていないのですよね」

「ええ、沈黙を守っています」

「わたしはもうすぐ自宅に着きますので、もしメッセージが入ったらご連絡ください」

「了解です。期待してますから」

小早川は電話を切った。

駅の出口の階段を上ると、駅前の市道にもクルマが少なくなっていた。

舞岡の夜は早い。八時を過ぎると、行き交う人影もほとんどなくなる。

自宅へと続く暗い坂道を上り始めたときである。

背後に忍び寄る怪しい気配を感じた。

(誰っ？)

思う間もなく、夏希の口は何者かの掌でふさがれた。

もがこうとしたが、首筋に冷たい金属が当てられた。

「騒いだら殺す」

低く脅しつけるような男の声が耳もとで響いた。

夏希の全身はガチガチにこわばった。

「そのクルマに乗るんだ」

道路の左手に黒いミニバンが停まっている。

男はそのまま夏希をミニバンへと引っ張っていった。

途中でコートのポケットからスマホが滑り出て道路脇の側溝に落ちた。

抵抗するわけにはいかなかった。

後部のスライドドアがすっと開いた。

車内にいる誰かが夏希の腕をつかんでぐいと引っ張った。

ここまで引っ張ってきた男はナイフを離して背中をどんと突いた。

夏希はシートがフラットにされている車内に突き飛ばされた。

車内には何人か乗っている。

はっきりとはわからないが、四、五人はいそうだ。

運転席と助手席にひとりずつ。フラットになっている後部座席に二、三人は乗っている。

すぐに車内の男が夏希に目隠しと猿ぐつわをつけてきた。

なにも見えず、話すこともできなくなった。

続けて両手を綿ロープのようなひもで縛られた。

さらに毛布のようなものが全身にスッポリと被《かぶ》せられた。

エンジンの回転が上がり、クルマが動き出す気配がした。

どこへ連れてゆくつもりだろう。

いったい何者たちだろう。

車内には安っぽいオーデコロンの匂いが漂っていた。

「おい、マジで大丈夫かよ」

前のほうから不安げな若い男の声が響いた。

「仕方ないだろ。ほかに手がない」

その隣から決めつけるような声が聞こえた。

「おまえら、いまさらビビるなよ」

夏希のすぐ横でちょっと低い男の声が脅すように言った。

いずれも若い男のようだ。

（オレンジ・モンキーズ！）

それ以外には考えられなかった。

男たちはそれきり口をつぐんでしまった。

クルマはずいぶんと長い間、走り続けた。

一時間くらいは経っているだろう。

アスファルト舗装を外れて砂利が敷かれている場所に乗り入れる音がしてクルマは停まった。

「ここで降りるんだ」

最初にナイフを突きつけてきた男が脅した。

スライドドアが開く音が聞こえた。

夏希は這《は》うようにして車外に出た。

気をつけたが、地面に降りるときに転んでしまった。
砂利の上に身体が叩《たた》きつけられた。
誰かの手が伸びてきてぐんと引っ張られた。
夏希はなんとか起き上がった。
潮の香りがする。
波の音が聞こえる。
ここは海辺に違いない。
「そのまま、まっすぐ歩け」
ナイフ男の声が響いた。
夏希は言われたとおりにまっすぐ歩いた。
一〇歩ほど進むと、誰かがシャッターを開けるような音が響いた。
「建物のなかに入れ」
夏希はそのまま歩いた。
湿ったコンクリートの匂いが鼻をついた。
「その場で後ろを向け。真後ろに椅子がある。三歩下がって座るんだ」
指示通りにすると、お尻《しり》がふわっとしたクッションに当たった。
次の瞬間、夏希は綿ロープらしきひもで身体を椅子にぐるぐる巻きに縛りつけられた。
ぱっと目隠しと猿ぐつわが外された。

目の前に大柄な男が立ちふさがった。

まだ二〇歳前後の若者だ。

「いいか、大声を出しても聞こえない。騒げば瞬間に殺すからな」

低い声で男は脅しつけた。

筋肉質のがっしりとした四角い顔の男だった。

見覚えがまったくなかった。

この男が最初にナイフを突きつけてきたのだ。

連れ込まれたのは四〇畳くらいはありそうながらんとした空間だった。

電気が来ていないのか、天井に並ぶシーリングライトは消えている。

代わりにＬＥＤのランタンが二灯輝いて、ひろい部屋をぼんやりと照らしていた。

倉庫だった場所なのか、それとも壁のクロスが剝《は》がされているのか、まわりはコンクリートむき出しの壁だった。

ぽつんぽつんと離れて、ナイフ男を含めて四人の男が立っていた。

四人とも若い。二〇歳に満たないのではないだろうか。

なぜか全員が黒っぽいダウンジャケットを着ている。

まるで制服だが、それぞれ違うメーカーのもののようだ。

ナイフ男以外はみんな華奢《きゃしゃ》な身体つきだった。

前方の左隅に立っていた男が、ふらりと中央に出てきた。

「こんばんは、かもめ★百合さん。いや、真田夏希さんだよね？」

「あなたは……」

夏希は絶句した。

まぎれもない《リフレイン》の若い男だ。

あのとき、デニムのエプロンをつけていた小柄で華奢な男だった。

「昨日はご来店ありがとうございました」

男は愛想のよい声であいさつした。

「あなたがオレンジ・モンキーズのリーダー、エイちゃんなのね？」

ほかの答えはないだろうと思いつつ、夏希は訊《き》いた。

「ごあいさつが遅れました。そうさ、僕がエイちゃんだよ。本名は鈴木衛一郎《えいいちろう》といいます」

「そう……あなただったのね」

「だけど、別にリーダーとかじゃないし」

エイちゃんはヘラヘラと笑った。

「俺たちは適当に集まっているだけだ」

ナイフ男が低い声で言った。

「こいつはタカオ。ただひとりの武闘派だよ。カンフーとかできちゃうんだ」

「ウオーッ」

タカオはカンフーっぽいポーズで手足を振り回した。

「ここはいったいどこなの？」

夏希にはだいたい見当がついていたが、念押しに訊いた。

「廃業した《佐島迎賓館》ってリゾートホテルさ」

タカオがさらっと答えた。

やはりそうだった。

「もうひとつ聞いていい？」

「なんなりと」

エイちゃんが慇懃《いんぎん》に答えた。

「わたしのところにジュリエンヌを送りつけてきたのもあなたたちね？」

後方の右隅に立っていた男が前に出た。

「あれは僕の仕業でーす。喜んでもらえたかな？」

坊ちゃん刈りのような髪型のそばかすだらけの男だった。

「こいつはセイヤ。見ての通りの変態だ」

エイちゃんが笑い転げた。

「ね、だんだん脱がしてくってアイディア、エロ度マックスで最高でしょ」

嬉《うれ》しそうにセイヤは舌なめずりをした。

「この変態っ」

夏希は怒りにまかせて叫んだ。

「そう、僕、変態なんだよ。ふぇふぇふぇ」

セイヤは奇妙な声で笑った。

「わたしの住所をどうやって調べたの？」

「調べてなんていないよ。舞岡の駅前にクルマを三日間停めて張り込みしてただけさ。そしたら、あんたが駅から出てきた。跡をつけてきゃ住所なんてすぐにわかるさ」

尾行されていたのか。まったく気づかなかった。

「なんであんなことやったのよ」

不気味な思いに襲われ続けた夏希はきつい声で訊いた。

「ちょっとビビってもらおうと思ってね」

「冗談じゃない。ふざけないでよ」

こんな状況なのに、夏希は怒りの声を出してしまった。

「あ～にょんをつかまえたのってあんただろっ」

セイヤは急にキレた。

目を怒りに見開き、唇をわなわなと震わせている。

あ～にょんはオレンジ☆スカッシュの本多杏奈の愛称である。

「彼女は罪を償わなければならないのよ」

「うるせぇ。てめぇ殺すぞっ」

手にしていたコーラの缶をセイヤはコンクリートの床に叩きつけた。

缶の口からコーラが噴き出してしゅわしゅわという音が響いた。

「セイヤ、騒ぐなよ」

静かな声を出したのは四人目の男だった。

黄色いレンズの丸いサングラスを掛けて髪を後ろでチョンマゲにした男だった。

「ずいぶんエラそうじゃねぇか、ユウト」

セイヤはあごを突き出した。

「なんだと、この野郎っ」

ユウトも気色《けしき》ばんだ。

「いい加減にしろよ。こんなときに仲間内でケンカしてどうすんだよ」

エイちゃんがふたりをたしなめた。

セイヤもユウトも気まずそうに黙った。

「さっさとわたしを解放しなさいっ」

夏希はつよい口調で言った。

「あんた、のんきなこと言ってるな」

セイヤは酷薄な顔つきに変わった。

「どういう意味よ」

「あんたはここから無事に帰れると思ってんのか」

すごむセイヤに夏希は強気の言葉をぶつけた。

「いい？　わたしは警察官なんだよ。こんなことをしたら、みんなすぐに捕まるよ」

「優秀な人のはずなのに、自分の立場が少しもわかってないようだね」

だが、エイちゃんが薄ら笑いを浮かべた。

「な、なによ、立場って……」

夏希はひるんだ。

「俺たちは凶悪犯なんだよ。あんたと友だちになりたくて連れてきたわけじゃないんだよ」

セイヤはのどの奥で笑った。

「あなたたちは、いったいなにをやったの？」

夏希の口調は自《おの》ずときついものになった。

「人をふたり殺しただけだよ」

けろっとした声でエイちゃんは答えた。

「宍戸さんと長沼さんね……」

夏希の声は乾いた。

「ほかに誰がいるって言うのさ」

エイちゃんの声にも表情にも変化がなかった。

「なんで殺したのよ」

「なぜ宍戸を殺したのか、真田さんはよく知ってるだろ」

エイちゃんは低い声で言った。

「ゆんちゃんを苦しめたからなのね」

夏希は彼らの苦しみがわからないでもなかった。

だが、それはもちろん人を殺してよい理由にはならない。

「そうさ、あの野郎は悪魔だ。殺されて当然の男だっ」

今度はユウトがキレた。

もっとも、怒りの対象は夏希ではなく宍戸景大だった。

「あの野郎は、あの野郎は、ゆんを汚した。許せるわけがないだろっ」

ユウトはそこらに置いてあった空の5ガロン缶を次々に蹴《け》っ飛ばした。

グァングァンとやかましい金属の音が響いた。

「うるせぇから、缶カラ蹴飛ばすのやめろよ」

タカオが不愉快そうな声を出した。

「いちばん許せないのは宍戸の親父だ」

エイちゃんが言葉を引き継いだ。

「宍戸景行ね」

「そうさ、だが病気で死んじまった。それから新庄直伸《しんじょうなおのぶ》って警官上がりの男とマネージャーの佐野綱也のふたりだ。こいつらのせいで、あ〜にょんは刑務所行きにされたんだ。だけど、ふたりはパクられたんで手が出せない。僕たちが処刑できるのは宍戸景大だった」

エイちゃんの瞳《ひとみ》に暗い炎が燃えているような気がした。

「それにもとはと言えば、あの宍戸の野郎がロクでもないことをしなければ、すべての悲劇は始まらなかった。オレンジ☆スカッシュはまだ歌ってたし、俺たちは猿山の猿でいられたんだ」

ユウトが淋《さび》しげに言った。

「俺さ、猿って言われるまで存在意義がなかったんだよ」

タカオがぽつりとつぶやいた。

「どういうこと？」

夏希は聞き咎《とが》めた。

「大学入ったはいいけど、なにやっていいかわかんないし。どうせFランの大学だから、勉強していい成績とったって就活では苦労するに決まってるしさ。バイトでもみんな必要以上の口きいてくんなかったし、学校でもそう。なんて言うの？　世間の誰からも相手にされてないって気持ちだったんだよ。俺がこの世にいても意味あるのかなぁって思ってた。でもさ、オレスカが現れたんだ。叱ってくれるんだよ。猿だって罵《ののし》ってくれるんだよ。叱られるって最高の気分だよ。なんだか、俺、生きる気力出てきたんだ。で、たまたま《リフレイン》でこいつらもオレスカのファンだって知ったんだ」

「それで、オレンジ・モンキーズを結成したのね？」

「結成って言うか、適当に集まっちゃライブ行ったり、飲んだりしてただけさ。べつに名前なんてどうでもよかった。オレスカつながりだけだったんだ。オレスカがあんな風になるまではね……」

タカオは声を落とした。

「中学でも高校でも、親にも教師にも『夢を持て』なんて言われ続けてきた。だけど、俺たちに夢なんて持てるわけないじゃないか」

ユウトも口を尖《とが》らせた。

最近はドリーム・ハラスメント、略してドリハラなどという言葉も聞かれるようになった。大人たちが若者たちに夢を持つべきと期待し、若者たちが大人の期待を重荷に感ずる現象のことだ。大人は「子どものためを思って言っているのになにが悪いのか」という気持ちを持つだろうが、夢を見つけられない子どもたちは少なくはない。それは決して非難すべきことではないのだ。

「みんな港南国際大学の学生なの？」

夏希はなんの気なく訊《き》いた。

「いや、俺とユウトだけ。まぁ、セイヤもFランには違いねぇけどな」

タカオは首を横に振った。

「港南ほど馬鹿じゃねぇよ」

セイヤは口を尖らせた。

「似たようなもんだろ。頭いいのはエィちゃんだけじゃないか」

「うるせぇな。どうだっていいだろ。そんなことは」

めいっぱい顔をしかめてセイヤは言葉を継いだ。

「だいたい、この女も高学歴で気に入らないんだ」

セイヤの矛先は夏希に向けられた。

もちろん夏希の学歴などは公表していない。しかし、心理分析官の職掌からすれば高学歴であることはわかるだろう。

「あんたもオレスカをつぶした一人なんだぞっ」

セイヤがふたたび興奮して、夏希へ指を突きつけた。

「わたしはオレンジ☆スカッシュをつぶそうなんて思ったことはない」

「嘘つくなよ。かもめ★百合が事件解決に貢献したってネット記事をいくつも読んだんだぞ」

「わたしは杏奈ちゃんにきちんと罪を償ってもらいたかったし、ゆんちゃんには幸せになってほしいと思ってるだけなんだよ」

「うるせぇ。ゴタク並べるんじゃねぇ」

セイヤは右足で床を踏みならした。

「騒ぐなよ、セイヤ」

エイちゃんがたしなめると、セイヤは不愉快そうな顔を見せつつも口をつぐんだ。どういうわけか、ほかの三人はエイちゃんの言葉にはよく従うようだ。

「だけど、とにかくいちばん憎いのは宍戸だ」

セイヤは唇を歪《ゆが》めて言葉を続けた。

「だから、宍戸を処刑した。二月一日の夜、あいつがふらりと家を出たところを今日みたいにかっさらって、ここへ連れてきた。近所に飲みに行くつもりだったみたいだ。さんざん脅しつけたら、あのクソ野郎、ションベン漏らしやがった。いい気味さ。何度も土下座して生命乞《いのちご》いしやがった。だから、みんなでツバやションベン引っかけてやった」

セイヤは嬉《うれ》しそうに歌うように言った。

「最後はみんなで押さえつけて俺が首をロープで絞めた。あいつがもがき苦しむのを見てるのは最高の気分だったぜ」

タカオはうっとりとした顔になった。

この四人には宍戸景大を殺害したことに対して、罪の意識のかけらもないようだった。

この手の犯人はやっかいである。

それぞれの正義感に基づいて犯行を実行しているからだ。

正義感こそ、規範的障害を麻痺《まひ》させる第一の要因である。復讐《ふくしゅう》、加罰などと同じく人間は正義の実行を好む。神経伝達物質のドーパミンが分泌されて、脳が快感を覚えるからである。ときにその快感は倫理や道徳さえも忘れさせてしまう。

ネットで大きな議論を呼んで自殺者まで出している誹謗《ひぼう》中傷も、正義感によって行われることが少なくない。

「俺たちはたしかに憎んでも憎みきれない宍戸を殺した。なんの後悔もない。さっぱりしたもんさ。だけど、長沼には何の関係もないし、恨んでもいなかったんだよ」

ユウトはちょっと声を落とした。

「じゃあ、なんで長沼さんを殺したのよ。宍戸さん殺しの罪をなすりつけようとしたの？」

「違うよ。俺たち、そんなに人が悪くないよ」

ユウトは顔の前で大きく手を振った。

「僕たちは、脅されたんだよ」

エイちゃんがぼそっと言った。

「脅されたですって！　誰に？」

夏希は驚いて訊いた。

「おい、見せてやろうぜ」

ユウトが横から言った。

「そうだな」

タカオが部屋の反対側の引き戸を開けた。

隣の部屋にひとりの男が夏希と同じような姿で椅子に縛られてうなだれている。

夏希とは違って猿ぐつわを嚙《か》まされたままだった。

「酒井さん……」

夏希は言葉を失った。

男は《リフレイン》のオーナーシェフの酒井だった。

「そう、うちの店長さ。こいつは宍戸以上のクソ野郎だけどな」

エイちゃんが憎々しげに言った。

「さっきだいぶ痛めつけたから、いまは弱ってるけど、まだまだ僕たちの道具には使える」

酒井はちょっと顔を上げた。

顔には殴打によるものと思われるアザがいくつもできており、唇の端が切れて血が滲《にじ》んでいる。

両目に力がなく、もうろうとした顔つきで前を見つめている。

「けっこう殴ったんで、ぼんやりしてるな」

ユウトがおもしろそうに言った。

「このブタ野郎め」

セイヤが酒井のスネを蹴飛《けと》ばした。

「ぐわっ」

酒井はくぐもった悲鳴を上げて全身を硬直させた。

「やめなさいっ」

夏希は激しい声で制止した。

「よせよ、これ以上痛めつけたら、この先のステージで使えなくなっちゃうぞ」

エイちゃんがたしなめると、セイヤはふぇふぇふぇと笑った。

「酒井さんがどうしてこんなことに……」

「このクソ野郎は、俺たちが宍戸を殺そうとしていることに勘づいたんだ。それで、俺たちが宍戸をここへ連れ出したときに、あとをつけてたんだ。殺すとこを写真とか撮りやがって、それをネタに俺たちを脅した。長沼を殺さなきゃ、写真を警察に届けるってな」

ユウトは酒井の足を踏みにじった。

「ぐおっ」

酒井はふたたび苦しみの声を上げた。

「それで、俺たちは恨みもなく憎くもない長沼を殺さなきゃならない羽目に陥ったんだ」

タカオが低い声で言った。

「そうだったの……」

あまりのことに夏希は言葉を失った。

一時的にせよ、この四人は酒井の操り人形にされていたというわけだ。

ユウトの言葉ではないが、思慮の浅いこの若者たちを脅して殺人の罪を犯させるとはたしかにクソ野郎だ。

「この酒井ってのはね、本当に悪人なんだ。僕はそんなこと知らないで《リフレイン》でバイトしてた」

エイちゃんは顔を大きくしかめた。

「ね、わたしたちが《リフレイン》に行ったとき、なんで酒井さんはあなたをバックヤードに下げさせたの？」

「ああ、酒井は僕が動揺して、真田さんたちに怪しまれるのを避けたかったんだろ。なにせ、宍戸殺しの真犯人だからね」

低い声でエイちゃんは笑った。

なるほど、そういうことだったのか。

酒井は反応しなかった。

「長沼さんと酒井さんとの間にはどういういきさつがあったの？」

夏希は質問を変えた。

「酒井は、一〇年前にパソコン周辺機器メーカーの営業をやってた頃、ひとりの男を殺したんだ」

「なんですって！」

「正確に言うと、仕事関連で取引先だった商社の若い男にいろいろと上から目線で言われてキレてね。殴り続けたんだよ。それで、その多賀《たが》って男の上司が長沼だった。殴られた多賀は長沼に電話したんだよ。警察に行ったほうがいいかってね。でも、自分も酒井を怒らせるようなことをずいぶん言ったから、会社に知られるとマズいってさ。長沼は自分の身かわいさもあったんだろう。とりあえず病院行け、後のことは相談しようって指示した。ところが、多賀は病院に行く途中の路上で死んじまったんだ」

エイちゃんは平らかな声で語った。

「脳挫傷《のうざしょう》か外傷性くも膜下出血だったのかな。数時間か、ときには数日後に症状が出て死亡する例もあるね」

頭を強く打ったり叩《たた》かれたりしたら、すぐに診察を受けるべきである。直後はなんともなくとも、容態が急変して死に至る事例は少なくない。

「とにかく、多賀って男は死んじまった。だが、酒井が殴ったことを知っているのは長沼だけだったんだ。長沼は口をつぐんだ。結局、捜査は進められず、酒井にはお咎《とが》めなしさ。酒井は相続した金と貯めた小金で《リフレイン》を始めた。長沼はすぐそこの海沿いでイタリア料理屋を始めた。ところが、長沼は宍戸のせいで店をつぶされた。つぶされただけじゃない。借金に追われるようになったんだ。それで、長沼は酒井を脅した。おまえは一〇年前に多賀を殺しただろう。警察に言われたくなかったら、二〇〇万よこせってね」

エイちゃんは唇を歪《ゆが》めた。

「長沼さんが酒井さんに恐喝まがいのことをしていたわけね」

「そうだ、多賀から電話で相談を受けたときに長沼は録音してたんだ。そのなかで多賀はちゃんと酒井に殴られたことを言っている。で、その録音を警察に提出するって脅したんだよ」

「多賀さんっていう人の死体検案書がどうなっているかわからないから、立件できる事案かはわからないけどね」

「そのあたりは僕たちにはよくわからない……」

事案からすると殺人罪ではなく、傷害致死罪が適用される可能性が高い。それでも時効は二〇年だ。

「だけど、酒井は一〇代の頃はワルで、何度も警察に捕まっている。長沼がチクったら、警察が動く可能性は高かった」

「そうなの？」

店で会ったときには温厚そうな人物に見えていたのだが、酒井はもともとろくでなしなのかもしれない。

「それで、酒井は俺たちを脅して長沼を殺させた」

「二〇〇万円のことで、人を殺したの」

夏希は驚かざるを得なかった。

酒井は無理をしても金を用意したほうがよかったのではないか。

「こいつは言ってたよ。こういう手合いは一度金を払うと何度でもゆすりに来る。殺すのがいちばんだってね。その道具として僕たちを使った」

　エイちゃんは暗い声で言った。

　当の酒井はうつむいたままだ。

「そもそもこんなヤツに脅されて言うことを聞いていたのが間違いだったのさ。こいつ、いざとなるとヤクザみたいにスゴむから、俺たちビビっちゃったのさ。だけど、最初からこうしてふん縛って殺しちまえばよかったんだ」

　歯を剝《む》き出してユウトは毒づいた。

「そうだよ、こんなクソ野郎、さっさと殺しちまえばよかったんだ」

　タカオも大きくうなずいた。

「長沼さんを北鎌倉に呼び出したのはなぜ？」

「簡単な話さ。あの駅のまわりにはほとんど防犯カメラがないんだ。金を渡すと言って騙《だま》して、呼び出してクルマで拉致《らち》した。ここへ連れてきて首絞めて殺したんだ」

　淡々とエイちゃんは言った。

「長沼さんの遺体はどうしたの？」

「この建物から船を出して海に捨てた」

　夏希は思わず瞑目《めいもく》した。

　長沼は酒井などという男と関わったばかりに無残な結果になったわけだ。

「ね、エクスカリバーの名を騙《かた》って、メッセージを送ってたのは誰なの？」

これはどうしても訊《き》きたいことだった。

「僕だよ。わざとオヤジ風に書いてたけどね。長沼が書いていたと思わせたかったから」

エイちゃんは低く笑った。

「そうね、自分を覆い隠そうとしてたもんね」

「やっぱ、わかる？」

「いろんな犯人との対話を何度も繰り返してきたからね」

ここへ拉致されてきてから、エイちゃんがエクスカリバーなのではないかと思っていた。

理路整然と話す冷静なキャラは、あのメッセージの送り主にふさわしい。

ほかの三人はイメージとはかけ離れている。

「さすがは専門家だね。だけど、あれが長沼のメッセージだと言われればそうかと思うだろ？」

「そうね、否定はできないかもね。でも、なんで、あんなメッセージを送り続けたのよ」

夏希はエイちゃんの目をまっすぐに見て訊いた。

「そりゃ決まってんじゃん。宍戸景大は怨恨《えんこん》で長沼宗雄に殺された。犯人の長沼はそれきり行方不明。その筋書きに持ってくためじゃん」

エイちゃんは小馬鹿にしたように笑った。

まさに芳賀管理官が陥った罠《わな》だ。

「だけど、真田さん、どうして余計なことを詮索《せんさく》したんだよ」

急にエイちゃんは言葉を尖《とが》らせて詰問口調になった。

「そりゃわたしの仕事だからね」

「あんたが店長とか、エイちゃんなんて名前出すから、みんな真っ青さ。長沼が宍戸を殺した、それでよかったんだ」

なるほど、彼らはあのメッセージにこだわったのだ。

店長は酒井ではなく、長沼を指したものだったのだが……。

「いつまでも、真実が表に出ないわけないじゃない」

「あなたが出しゃばらなきゃよかったんだ」

エイちゃんは不機嫌な声を出した。

「次の犯行予告してたでしょ。あれは誰をターゲットにするつもりだったの?」

夏希は質問を変えた。

「決まってんじゃん。この酒井のクソ野郎を殺すって話だよ。エクスカリバーこと長沼が、予告通りにこの酒井を殺すはずだった。金を払うの払わないののトラブルの末にモノの弾みってヤツでね。酒井と長沼のトラブルはいつか表に出ると思ってたからね。出なきゃ、僕たちが情報を漏らす。だけど、この筋書きが狂ってきちゃった」

「そうね、長沼さんの遺体が漂着したからね」

「ニュースに出て、ビックリだよ。一回目の宍戸のときも、すぐに上がっちゃった。だから今度は上がってこないように重しをきちんとつけたんだけどな」

タカオが渋い顔でうなずいた。

「海中の遺体は海流の影響を受けるからね。それで重しが取れちゃったのかもね」

夏希の言葉にセイヤがつよい口調で言った。

「自分を守るために、俺たちはなにがあっても酒井を処刑しなくてはならないんだ」

「酒井が生きてちゃ、全員ヤバいからな」

ユウトもうなずいた。

たしかに彼らはふたりの人間を殺している。酒井に訴えられれば終わりだ。

少年だとしても刑事手続に送られて、重い罰が科せられるはずだ。

「長沼は宍戸を殺し、さらに酒井も殺して逃亡して行方不明。こんなシンプルな筋書きだった。真田さんには申し訳ないが、筋書きが変わったんだ」

エイちゃんは、あらたまった声を出した。

「筋書きですって」

「そうだ、あなたも言うとおり、マズいことに長沼の死体が上がった。だから、筋書きを変えるしかなくなった。真田さん、あなたにも出演してもらわなきゃならなくなった」

「わたしが……」

夏希の声は震えた。

「そう、真田さんは死んでもらう役なんだ」

エイちゃんは何でもないことのようにさらっと言った。

さーっと夏希の全身の血は下がった。

拉致されてから恐れていたことが事実になる。

「なんでわたしを殺すの……」

夏希の声はかすれた。

「長沼は酒井に殺されたとするしかない。となると、このクソ野郎の酒井を殺す人間がいなくなっちゃうだろ」

おもしろそうにエイちゃんは笑って言葉を継いだ。

「新しい筋書きはこうだ。真田さんは酒井が長沼を殺したという証拠をつかんだ。それを知った酒井はあんたを拉致して殺そうとした。少し無理があるんだが、この際、ほかに方法がない。酒井が真田さんを狙ってたって情報はこれから漏らしていくよ」

夏希は暗澹《あんたん》たる気持ちになった。

彼らの判断は二重の意味で間違っている。

酒井を殺すことはもちろん間違いだ。だが、もうひとつの間違いがある。

長沼の遺体が発見された時点で、酒井の殺害をあきらめるべきなのだ。

夏希を引っ張り出すなど無謀もいいところだ。

「わたしが持っている捜査に関する情報はすべて捜査本部で共有するんだよ。酒井さんがわたしを殺したってなんの隠蔽《いんぺい》にもならないから、不自然そのものだよ」

それでも夏希は強気で答えを返した。

「さぁ、どうかな……。真田さんは現に酒井のところに聞き込みに来てるんだ」

「そんなの、わたしひとりじゃないでしょ」

上杉と沙羅が一緒だったのだ。

「だけど、真田さんだけが把握している情報もあるかもしれないじゃないか。なにせ、あなたは県警ただひとりの心理分析官だ」

エイちゃんには不安なようすもない。

認知バイアスの一種に計画継続バイアスというものがある。

航空機のパイロットや船舶の船長などに見られる心理である。計画していたコースや手順などが致命的な事故に結びつく危険を持っていたとしても、その計画から抜け出すことができず、事故を回避できない心理状態をいう。

ＮＡＳＡが二〇〇四年に発表した研究結果によれば、一九件の航空機事故のうち九件が計画継続バイアスがもたらしたものだった。ほかの研究でも同様の結果が多々見られる。

人間は一度意思決定をしてしまうと、それに引きずられる。後に「もしかしてまずいかも」という認知的不協和が生じても、それを軽減しようとする心理が働く。成功確率を過度に楽観視してしまう。結果として計画と現実の齟齬《そご》、つまり食い違いを客観視できなくなるのだ。

彼らが酒井を殺すということをあきらめないのは、計画継続バイアスに陥っているからである可能性は否めない。

「酒井さんを殺したら、警察はすぐにあなたたちの仕業だって断定するよ」

夏希はさらに警告を繰り返した。

「ところが、僕たちは酒井を殺さないんだなぁ」

エイちゃんはニヤッと笑った。

「誰が殺すっていうのよ」

「この男を殺すのはあなたなんだよ。真田さん」

エイちゃんは平気の平左で奇妙なことを口にした。

「なにを馬鹿なことを言ってるのっ」

彼が本気で言っているとは思えなかった。

「それでね、真田さんはこの男に殺される。つまり心中事件だ」

「あり得ない話をしないで」

夏希の言葉に、エイちゃんはにやっと笑った。

「嘘だよ。さすがに心中ってわけにはいかない。真田さんは酒井に拉致《らち》されてこの建物に連れ込まれた。真田さんは隙を見て逃げだそうとした。酒井がナイフを持って追いかけてきた。勇敢な真田さんはそばに落ちていた鉄筋を拾って戦おうとする。ナイフと鉄筋の争いだ。意外と勝負になるもんだよ。真田さんはナイフで刺されて失血死する。酒井は鉄筋で頭部を殴られて脳挫傷《のうざしょう》で死ぬ。まぁ、こんな筋書きだ」

「冗談言わないで。わたしが人なんて殴るわけないじゃない」

夏希は怒りを込めて言った。

「へぇ、じゃあ、この男がナイフを振りかざし襲ってきても、あなたは黙って刺されるのかな？」

エイちゃんは意地の悪い顔で訊《き》いた。

「え……」

夏希は言葉を失った。

「鉄筋は渡してやるよ。戦えばいいじゃないの」

エイちゃんは床に落ちていた長さ五〇センチくらいの錆《さ》びた鉄筋を拾い上げた。

あまりおあつらえ向きなので、どこかから持ち込んだものなのだろう。

「あのね、君たちは戦わなきゃならないの。逃げようとしても無駄だし」

ユウトが冷たい口調で言った。

「だって、君を殺さなかったら、僕たちが酒井をなぶり殺しにしちゃうからね。酒井は戦うさ」

エイちゃんが言葉を引き継いだ。

「そうだよ、俺たちはみんなナイフ持ってるからね」

ユウトはポケットからアウトドアナイフを取り出した。

ランタンの明かりをブレードがギラリと反射した。

「それでも足りなきゃ、ここにガソリンもあるぞ」

タカオは足もとの5ガロン缶を指さして言葉を継いだ。

「二人の身体にたっぷり注いで、俺がオイルライターを点火して持っているっていう手もあるよ」

愉快そうにタカオは笑った。

夏希の額にどっと汗が噴き出した。

「だから、真田夏希さん殺しの犯人は僕たちじゃない。酒井殺しの犯人も僕たちじゃない。わかったかな」

エイちゃんは嬉《うれ》しそうに言った。

夏希はこの子たちのどこにこんな残酷な血が流れているのだろうと不思議になった。

誰もがちょっと変わってはいるが、そんなに異常な人間には見えなかった。

「さぁ、そろそろ始めるか」

エイちゃんが皆に声を掛けた。

「とりあえず、ガソリンは酒井だけにしとくか」

ユウトが酒井の顔を眺めながら嬉しそうな声を出した。

「ああ、そうだな。俺がやる」

タカオが5ガロン缶を両手で抱え、酒井の頭の上から液体を降り注ぐマネをした。

「ぐふっ」

酒井は大きくのけぞった。

ガソリンを使えば証拠が残る。脅しなのだろうが、酒井の顔は恐怖にゆがんだ。

「ふぇふぇふぇふぇ」

セイヤがポケットからオイルライターを取り出してシュッと火をつけた。

「燃えろよ～燃えろよ～」

奇妙な声でセイヤは歌いながら、オイルライターを酒井に近づけるふりをした。

「おい、本当に燃やすなよ」

ユウトが忠告した。

「わかってるって」

セイヤはちょっとムッとしたように答えた。

「マスター、その床に落ちているナイフを拾って、真田さんを刺し殺してください。ぼくがゴーと言ったら試合開始です。やらなきゃ、あなたの身体に火をつけますからね」

エイちゃんが淡々と言うと、タカオが酒井の縄をほどいた。

猿ぐつわを外された酒井は無言でふらふらと立ち上がった。

夏希との距離は六、七メートルはあるだろうか。

エイちゃんは夏希の縄をほどいた。

「さぁ、真田さん。鉄筋を渡しますよ。僕たちに抵抗しようとしたり、逃げようとしたりしたら、すぐにあなたの顔に向かってナイフが飛んできますからね」

エイちゃんは床から錆びた鉄筋を拾うと、夏希に渡した。

夏希は鉄筋を右手にしてぼんやりと立った。

「さ、マスター。あの人を殺さないと、あなたが死ぬ運命ですよ」

続けてエイちゃんは、隣の部屋の酒井に冷たい声で言った。

「ふざけやがって」

酒井は歯を剝《む》き出して怒鳴った。

「うっせえんだよ」

タカオがいきなり酒井の肩に手拳《しゅけん》を入れた。

「うおっ」

その場で酒井はうずくまった。

すぐに力なく立ち上がる。

「焼き殺されたいのか。てめぇ」

セイヤがライターをゆらゆらさせた。

「やめてくれ……」

酒井は弱々しい声で乞《こ》うた。

「さっさとあの女を殺せよ」

ユウトがイライラした口調で言った。

酒井のそばにいた三人は、夏希の近くに戻ってきた。

隣の部屋の酒井との距離は近い者で三メートルくらいだろうか。

「ほら、早くナイフを拾って」

エイちゃんの言葉に操られるように、酒井は一メートルくらい後方に落ちていたナイフを拾い上げた。

ブレードが二〇センチくらいもある大型のサバイバルナイフだった。

夏希から三メートルほど離れた位置まで歩み寄ると酒井はナイフを握り直した。

腰をいくぶん屈《かが》めて、酒井はナイフを前に構えた。

見る見る凶悪な表情に変わってゆく。

「殺してやる」

低くうめくような声が響いた。

酒井の両の目がギラギラと光る。

夏希の背中に冷たい汗が噴き出た。

「おふたりともいいですか。僕がゴーと言ったら戦うんですよ」

気味の悪い、妙に明るい口調でエイちゃんは告げた。

セイヤは火のついたライターを、残りの三人はナイフを手にしている。

「さぁ、始めますよ。レディー。ゴォオオー」

エイちゃんは高らかに試合開始を宣言した。

酒井はナイフを突き出した。

ブレードがギラリと光る。

「うぉおおっっ」

ナイフを握りしめて酒井は突進してきた。

「いやっ」

とにかく迫りくる刃から身を守りたかった。

夏希はやたらめっぽう鉄筋を振り回した。

酒井はひるんで身を引いた。

「どうした、どうした。マスター、ファイト！　頑張らないと火つけますよ」

エイちゃんがはしゃいだ声で酒井を恫喝《どうかつ》する。

「とわーっ」

酒井は鬼のような形相で、両目を見開いて二度目の突進を試みてきた。

幽鬼のようにおそろしい表情だ。

「やめてええっ」

ふたたび夏希は鉄筋を身体の前でぶんぶんと振った。

すたっと横飛びして、酒井は身体の位置を変えた。

夏希の体側に飛び込んでくる。

「いややゃぁっ」

夏希は恐怖に耐えきれず、鉄筋を酒井のほうに向かって投げた。
「痛《いて》えっ」
叫び声を上げて酒井はのけぞった。
夏希としては、当てるつもりはなかったのだ。
ハッと気づいた。
完全な丸腰になってしまった。
酒井が姿勢を立て直した。
ナイフをしっかり握り直して夏希に向けた。
ギラリと刃先が光った。
「死ねやーっ」
酒井は歯を剥き出して怒鳴り声を上げた。
牡牛のような身体がすさまじい勢いで突進してくる。
夏希は反射的に頭を抱えてうずくまってしまった。
風がうなる。
もうだめだ。
夏希は両目を固くつぶった。
そのときである。
別の風を夏希は背中に感じた。

「ううおっん」

夏希はこわごわ目を開いて振り向いた。

部屋の入口から突進してくる黒い影。

アリシアだ。

アリシアが助けに来てくれたのだ。

アリシアは一直線に酒井に飛びかかってゆく。

「うわっ、な、なんだっ」

とつぜんの襲撃者に驚いて酒井はナイフを放り出した。

金属が床にぶつかる硬い音が響いた。

「痛《い》てててっ」

酒井が上げる悲痛な声が聞こえた。

「うーっ」

アリシアは酒井の太股《ふともも》あたりに食らいついた。

「助けてくれえっ」

酒井は床に転がった。

アリシアはふたたび酒井の太股に嚙《か》みつく。

「なんだこの犬っ」

「ナイフ、ナイフ」

男たちは混乱して叫んだ。

ばらばらと男たちはそれぞれにナイフを構え直した。

タカオがナイフを振りかぶった。

狙いはアリシアだ。

「アリシアっ」

夏希が叫んだ次の瞬間だった。

──バシュッ
乾いた音が響いた。

銃声だ。

「全員、武器を捨てろっ」

上杉がオートマチック拳銃《けんじゅう》を構えて立っている。

背後から三人の人影が浮き出るように現れた。

上杉、加藤、石田、沙羅の四人の銃口がオレンジ・モンキーズの全員に向けられている。

かたわらには出動服姿の小川も立っていた。

「う、撃たないで……」

ユウトはかすれ声でナイフを床に落とした。

金属がコンクリートとぶつかる音が響いた。

エイちゃんもタカオも次々にナイフを手放した。
硬い音が立て続けに響いた。
三人は両手を天井に向けて上げた。
セイヤはライターを放り出して手を上げた。
酒井はそのまま床に転がっている。
「アリシア、もういいぞっ」
小川が叫ぶとアリシアは酒井から離れた。
酒井に抵抗する力など残っているはずはなかった。
夏希はヘナヘナとその場に崩れ落ちた。
ほっとして全身の力が抜けてしまった。
スーッと小川のかたわらに戻ると、アリシアはすくっと肩をそろえた。
上杉たちはそのまま銃口を突きつけている。
「よし、小川、全員を確保だっ」
上杉が力強く叫んだ。
「了解っ」
小川は明るい声で答えた。
次々に小川は手錠を掛けてゆく。
ガチャリガチャリと金属の音が響き続けた。

最初から段取りを決めて、小川にほかの四人の手錠が渡されていたようだ。

アリシアは立ち位置を変えず、不思議そうに小川を見ている。

「午前零時七分。鈴木衛一郎、皆川隆夫、大関星矢《おおぜきせいや》、日下部《くさかべ》悠斗《ゆうと》、逮捕監禁の現行犯で逮捕する」

小川が腕時計をのぞき込み高らかに宣言した。

エイちゃんたち四人は、驚きのあまり口もきけないようだ。

ぼんやりとまわりの刑事たちの顔を見ていた。

夏希はエイちゃん以外の氏名を初めて知った。上杉が調べ上げたに違いない。

「さぁ、おまえもだ」

小川は床に転がっている酒井を抱え起こして手錠を掛けた。

「午前零時八分。酒井正行《まさゆき》、暴行の現行犯で逮捕する」

酒井はうなだれて返事をしなかったが、全身が小刻みに震えている。

刑事たちは拳銃を次々にしまった。

「アリシアっ！」

夏希が声を掛けると、アリシアはすーっと寄ってきた。

「ありがとう。また助けてくれて」

夏希はアリシアの首に両手を掛け、顔と顔をくっつけた。

「くううん」

アリシアはやさしい声で鳴いた。

「ほんとにありがとね」

アリシアは夏希の顔をペロペロとなめ回した。

夏希はアリシアの口にキスをした。

「ふうん」

頭の上の部分をなでると、アリシアは気持ちよさそうに目を細めた。

「よかったよ、間に合って」

上杉が声を震わせた。

「死ぬかと思った」

夏希は半泣きの声で言った。

「すまん、着くのが遅くなった」

顔の前で上杉は手を合わせた。

上杉が謝ることなどなにもないのに……。

「どうしてここだとわかったんです」

夏希は不思議でならなかった。

「ヤツらのアジトがここだということは今日の夕方にはわかってたんだ。だが、まさか真田のところに押しかけていたとは夢にも思わなかった。オレンジ・モンキーズの犯行との推察がついたんで真田に電話したんだが通じない。俺は長井で聞き込みしてたんだが、嫌な予感がして横須賀署にいた加藤さんと石田、小堀の三人にこっちに向かってもらった。三人とも武道場での就寝直前なのに飛び出してきてくれたんだ。ここでなんとか合流できた」

ほっとしたような上杉の声だった。

夏希はじーんときた。

「いや、間に合ってよかったよ。まさかこんなことになってるとはな。真田はほんとに運が強いな。運強いのは名刑事の第一条件だ。名刑事になれるぞ」

加藤がにやりと笑った。

ふたたび夏希はじーんときた。

鼻がツーンとした。

「まぁ、俺の勘に加藤さんも賛成してくれたんで迷いなくここに来られたんだけどね」

この二人の勘のよさは、やはりふつうではない。

「アリシアはよく間に合ったね」

夏希はアリシアの背をなでている小川に言った。

「完全に偶然なんだよ。俺は隣の長坂にある電力中央研究所で起きた事件の関係で、アリシアと一緒に近くに来ていたんだ。爆弾仕掛けたって脅迫があってさ。事件が事件だから時間関係ないだろ。結局、なんにも出なかったけどね」

小川はにっこりと笑った。

「先輩、おかげで小堀さんとのコンビ復活ですよ」

石田は浮わついた声を出した。

「はい、よろしくお願いします」

沙羅は明るい声で頭を下げた。

「馬鹿、おまえが指導者なんて一〇年早いんだよ。俺の運転手してりゃいいんだ」

加藤は石田の後頭部をはたいた。

「もう痛いなぁ。なんですぐ頭たたくんですか」

「ちゃんと中身が入ってるか確かめてんだよ」

「ひでぇなぁ」

沙羅が笑いをかみ殺した。

「さぁてと、少年たち、横須賀署まで来てもらうぞ。地獄の一丁目行きだ」

上杉がオレンジ・モンキーズと酒井に声を掛けた。

五人はうつむいたままだった。

「ガキ相手の仕事は苦手なんだけどな。こいつら、ガキの犯罪領域を完全に超えちゃってるからな」

ちょっとつらそうな上杉の声だった。

エイちゃん、タカオ、セイヤ、ユウト、さらに酒井。

五人の被疑者たちは加藤と石田、上杉と沙羅が連行する。

夏希はアリシアと一緒に小川の鑑識バンに乗ることになった。
「ね、小川さん、星がきれいだよ」
夏希は夜空を見上げて驚いた。
佐島の夜空は想像よりはるかに美しかった。
ここは横須賀市なのだ。
こんなにも星があるのかと思うくらいの数だった。
オリオン座をはじめ、存在感のある星たちがいくつもまたたく。
ぼうっと霞《かす》んでいるのは何等星なのだろうか。
「三浦半島はやっぱり灯《あか》りが少ないからなぁ」
小川もつられて空を眺めた。
夜風は冷たかったが、この空をいつまでも眺めていたい気分だった。
少年たちのこれからの運命を思うと、夏希のこころは痛んだ。
だが、少しの間でもその事実を忘れていたかった。

【3】

「市内連続殺人事件のマル被五名を連行しました」

横須賀署の捜査本部に入っていくと、上杉はいきなり声を張り上げた。

講堂内に捜査員は一〇名足らずしかいなかったが、管理官席には芳賀管理官の姿があった。

こんな時間まで陣頭指揮をとっているとは、さすがだと夏希は感心した。

小早川の姿はなかった。

この建物のどこかで仮眠をとっているのかもしれない。

「え？　根岸分室の上杉室長じゃないですか」

芳賀管理官は上杉の顔を見るなり、大きく目を見開いた。

「あれ、どこかで組みましたっけ？」

上杉はとぼけた顔で訊《き》いた。

「いえ……でも、刑事部で室長のことを知らない者はいないと思いますよ。で、この騒ぎはいったいなんですか」

「宍戸景大殺しと長沼宗雄殺しのマル被を連行してきたんだ」

「え！　本当ですか」

芳賀管理官の目は疑いの色でいっぱいになった。

「俺は嘘は言わない」

「宍戸殺しと長沼殺しの犯人って、同一犯なんですか？」

大きな混乱が芳賀管理官を襲っているようだ。

「その通りだ。この小僧たちはふたつの犯行の実行犯。オッサンは長沼殺しの教唆犯だ」

上杉はあっけらかんと答えた。

四人の若者は悄然《しょうぜん》とうつむいている。

酒井はすべての気力をなくしたようにぼう然としていた。

「捜査線上には浮かんでいない連中のようですが、いったい何者なんですか？」

「鈴木衛一郎、皆川隆夫、大関星矢、日下部悠斗の四人の少年だ」

上杉は少年たちへとあごをしゃくった。

「少年ですって！」

芳賀管理官は驚きの声を上げた。

「ああ、全員が一九歳だ。オレンジ☆スカッシュのイッちゃってるファン連中だよ」

「ちょっと信じられないんですけど」

五人を次々と見て芳賀管理官は言った。

「あんたの読みは完全に外れたんだよ。少年たちはオレンジ☆スカッシュをつぶされた恨みから宍戸を殺した。その事実をつかんだそこのオッサン、酒井正行に脅されて長沼を殺したんだ」

上杉は淡々と説明した。

「そんな馬鹿な……」

芳賀管理官は言葉を失った。

「実は真田たちと極秘捜査をしていてね。俺たちは二日で事件解決だ」

おもしろそうに上杉は言った。

「真田分析官は金沢署に行ってたんじゃないの？」

芳賀管理官の声が尖《とが》った。

「まぁ、それは俺が黒田刑事部長に頼んだ言い訳だ。真田はこの本部で冷や飯食わされてたからな」

上杉はにやっと笑った。

「勝手にそんな捜査をするなんて、許しがたいです」

芳賀管理官はキッと夏希を睨《にら》んだ。

夏希は黙ってちょっと頭を下げた。

「処分も覚悟しなさいよ」

眉間《みけん》にしわを寄せて芳賀管理官はうそぶいた。

「残念ながら、黒田刑事部長のＯＫが出てるんだ。真田を処分することなどできない」

「とにかく、この五人がふたつのコロシの被疑者なんですね」

上杉の言葉を無視して、芳賀管理官はしつこく念を押した。

「だから、間違いがないんだ。動機はちょっと複雑なんだが、要するにオレンジ☆スカッシュ関連だよ」

「やっぱり信じられません」

「この四人の小僧が、すべて真田にゲロしてるよ。真田は疲れ切ってるから、明日《あした》の午後にでも呼び出せ」

「少年事件は全件送致なんですよ。迅速な取調が必要です。真田分析官には残ってもらいます」

少年事件の場合には、検察官が起訴不起訴の判断をせず、すべて家庭裁判所へ送られる。

「あんたはきれいな顔してるけど性格に難ありだな」

上杉はつけつけと言いにくいことを言った。

芳賀管理官は言葉を失った。

「管理官の読みは大ハズレでしたね。昨日まで捜査員は、死んでる長沼を追いかけさせられてたんですからね。いい迷惑だったよ」

加藤は辛らつな言葉をぶつけた。

芳賀管理官は加藤の顔をきつい目つきで睨みつけた。

「加藤巡査部長、いまの無礼は忘れてあげます」

「いや、別に忘れなくてもいいですよ。俺は本当のことを言っただけですからね」

加藤は左耳の穴に人差し指を突っ込んでほじった。

芳賀管理官は両目をつり上げたが、なにも言わなかった。

「とりあえず真田に対する逮捕監禁容疑で少年四人。残りの一人のオッサンの酒井正行は真田に対する暴行容疑。それぞれ現行犯逮捕した。ふたつのコロシについては、あんたのほうでしっかり取り調べてくれ」

　つよい口調で上杉は言った。

「わかりました」

　不承不承の顔つきで芳賀管理官はうなずいた。

「誰か、五人を取調室に連行して」

　芳賀管理官の声に数人の私服捜査員が立ち上がった。

　五人は署内の取調室へと連れ去られた。

「おい、芳賀さん、あんた真田に詫《わ》びることがあるんじゃないのか」

　上杉はつよい口調で言った。

「なにを謝るって言うんですか」

　芳賀管理官の声がふたたび尖った。

「真田は端《はな》っからオレンジ☆スカッシュ関連のコロシだと主張していたそうじゃないか。あんたが聞く耳を持っていれば、真田は危険な目に遭わずに済んだんだぞ」

　上杉は激しい口調で難じた。

「危険な目ですって？」

　ぽかんとした顔で芳賀管理官は訊いた。

「いいか、真田はな、あの四人に拉致《らち》され、殺されそうになったんだ。俺たちが駆けつけるのがもう少し遅ければ、酒井に刺し殺されるところだったんだぞっ」

なかば怒鳴るように上杉は叫んだ。

「あの時点での自分の判断は間違っていたとは思いません」

だが、芳賀管理官はきっぱりと言い切った。

「気の強い女だな」

あきれたような上杉の声だった。

「五人を締め上げて、すべてを明らかにしなくては」

芳賀管理官はまたも上杉の言葉を無視した。

「ひとつだけあんたのために言っとく。この刑事部一の頭脳は真田だ。経験はあんたのほうが勝っているだろうが、真田の意見は素直に傾聴したほうが身のためだぞ。そうでないと、あんたの大事にしている出世の道が危うくなる」

上杉はにやりと笑った。

「なんてことを！」

芳賀管理官は真っ赤になった。

恥辱と怒りがない交ぜになった芳賀管理官の顔からは蒸気が噴き出そうだった。

「さ、じゃあ、上杉組はこれから打ち上げだ。みんな、飲みに行くぞっ」

上杉は夏希たちに向き直って明るい声で言った。

この捜査本部を仕切っているのは芳賀管理官なわけだが、上杉は完全に無視している。

「よっしゃ」

「そうこなくっちゃ」

「行きましょう」

加藤、石田、沙羅の三人は歓声を上げた。

それにしても上杉組などというものがいつできたのだろう。

「真田、どうする？　家に帰って寝るか？　それなら送ってくぞ」

上杉がやさしい口調で言った。

「いえ、打ち上げに参加します」

夏希は弾んだ声で答えた。

このまま帰っても、こころが昂《たか》ぶっていて眠れそうもない。

「あの……俺はアリシアを戻しに行かなきゃ」

小川がつまらなそうな顔でぼやいた。

アリシアは駐車場の鑑識バンのなかでおとなしく小川の帰りを待っているだろう。

「アリシアは戸塚の訓練所に帰すんだったな」

「そうです」

「その後、小川はクルマを本部《カイシャ》に戻しに行くんだろ？」

「ええ……仕方がないですよ」

上杉の問いに小川は声を落とした。

「加藤さん、横浜まで出るか」

にやっと笑って上杉は加藤に訊《き》いた。

「そうですね。この近くで朝までやっている店を知りませんから」

加藤がすぐさま同意した。

「打ち上げは横浜で決定だ」

異論のある者はいなかった。

夏希としても横浜に戻れたほうが、帰りは楽だった。

「上杉さん、俺、クルマを本部に戻したら、合流しますよ」

小川はウキウキとした声に変わった。

「おう、どこで飲んでるか連絡するよ」

「お願いしまーす」

憤怒《ふんぬ》の表情の芳賀管理官を講堂に残して、夏希たちはエレベーターへと向かった。

被疑者が逮捕されたのだから、捜査本部は解散となる。

明日からは皆が通常勤務だ。

誰もが年次休暇を取ってもいいのではないだろうか。

夏希は朝まで飲みたい気分だった。

なんなら苦手なカラオケにみんなを誘おうか。

今夜は、ａｃｕ《アキュ》の『レッドフラワー』を歌ってもよい気分だった。

結局、夏希、上杉、加藤、石田、沙羅、小川の六人で朝まで飲もうという話になった。

夏希は躍るような足取りで横須賀署の前庭に出た。

潮の香りがつよく漂った。

夜空を一筋の流れ星が横切っていった。

【4】＠二〇二一年二月一二日（金）

それから一週間ほど経った金曜日。夏希は所用で海岸通《かいがんどおり》の県警本部を訪ねていた。

宍戸景大が石渡開発の依頼で長沼にいやがらせをしていたこともわかった。石渡開発からも数名の逮捕者がでている。

コーヒーでも飲もうと、夏希は刑事部フロアの休憩コーナーに近づいていった。

ベンチにふたりの男が座っている。

「いや、さすがですよね、彼女」

高めの声が聞こえた。

「やっぱり、いい女は違うよなぁ」

ちょっと低めの声が詠嘆するように響いた。

珍しいことに小早川と上杉だった。

「あれ、小早川さん、なんでここにいるんですか」

「あ、真田さん、こんにちは。いや、たまには僕だって刑事部に用事があるんですよ」

小早川は機嫌よく答えた。

「それに上杉さんまで。本部に用事ですか？」

「そんな珍獣見るような目をするなよ。俺はここの所属だぞ」

上杉もいやに機嫌がよい。

「ふたりともなんだか嬉《うれ》しそうですね」

なんの気なく夏希は訊いた。

「いやぁ、チョコもらっちゃいましてね」

小早川は貝や魚の絵が描かれた明るいブルーの紙に包まれた小ぶりな箱を掲げて見せた。

「チョコ……あ、バレンタインデーですか」

そうか、バレンタインデーはもうすぐだ。

「そうですよ、今年は明後日《あさって》の日曜日ですよ」

小早川はにまにまと笑って言った。

最近はマスメディアなどもあまり報じないので、明後日だということは忘れていた。

「見てよ、これ。すごく美味《うま》そうだろ」

上杉は箱の中身を見せた。

仕切られた箱のなかに茶と白のトリュフが四つ鎮座していた。

たしかに見るからに美味《おい》しそうなトリュフだ。

ない。

「誰です？　こんな気の利いたチョコをプレゼントしてくれたのは？」

この場所でふたりがやに下がっているということは、贈り主は県警本部の人間に違いない。

「小堀さんだよ」

上杉は満面の笑みで答えた。

「あ、彼女か」

納得がいった。まさか芳賀管理官のはずはない。

「これ、茅ヶ崎《ちがさき》自慢のチョコなんですって」

小早川は目尻《めじり》を下げている。

「義理チョコにそんなに喜ぶことないでしょ」

夏希はあきれ声を出した。

どうして男はこんなに単純なんだろう。

「まぁ、真田には無縁の話だな。じゃあ、そのうちまた」

上杉はニヤニヤ笑いながら腰を上げた。

「僕も自分の部署に戻ります」

スキップでもしそうな勢いで小早川は立ち去った。

義理チョコなどという習慣は、とっくに消え去ったものだと思っていた。

もともと感心できない習慣だと思っていた。

自分は記憶がないくらいむかしから義理チョコを誰かに贈ったことはない。女子が周辺の同調圧力でチョコの心配をすることには腹を立てているほうだった。

その意味で沙羅の行動にも疑問を感じずにはいられなかった。

単純に喜んでいるふたりには、そんな話はできなかったが……。

自販機のコーヒーを選んでいると、背の高い女性が姿を現した。

「あ、真田さん、よかった」

嬉しそうな声を出したのは、当の沙羅だった。

「小堀さん、こんにちは」

夏希はちょっとドキッとしてあいさつした。

「はい、友チョコ」

にっこり笑った沙羅は、さっき小早川に見せてもらったのと同じような箱を両手で捧《ささ》げるように渡した。

「あ、ありがとう」

舌をもつれさせて夏希は礼を言った。

「真田さん、科捜研じゃないですか。なかなか抜け出せないから、どうやってお渡ししようかと悩んでたんですよ。これ、いつもいろいろなことを教えて頂いてる感謝の気持ちです。ささやかですけれど」

「なんにも教えてあげてないし、そんなに気を遣わなくていいから」

夏希は返答に困った。

「茅ヶ崎の《イル・ド・ショコラ》ってお店のチョコです。茅ヶ崎に三つ、鎌倉にひとつのお店があるんです。湘南《しょうなん》でいちばん古いショコラティエで、着色料や合成香料は使っていない自然派なんですよ」

沙羅は無邪気に自慢した。

「わざわざ茅ヶ崎まで買いに行ったの？」

「となりの駅ですし、駅ビルに入ってるから、どうってことありません」

「なんだか、申し訳ないね」

「わたし、バレンタインデーって好きなんです」

口もとに笑みを浮かべたままで沙羅は言った。

「どうして？　わたしは面倒くさいから好きじゃないけど」

夏希は正直な気持ちをいささかやわらかく口にした。

「バレンタインデーがやって来ると、もう本格的な寒さもそろそろ終わりだなぁって思うんですよ」

「そうなの？」

夏希は驚いて訊《き》いた。函館では寒さのピークの頃だと思う。

「ええ、うちのあたりではそんな感覚です。梅の花も盛りの時季だし」

「神奈川はあったかいよね。やっぱり」

沙羅はうなずいて口を開いた。

「それに、もっと大事なことがあるんです。たとえば一月のときも事件でいろんな人にお世話になったけど、いきなりなにかをお礼に上げるのって変じゃないですか。でも、今月の事件でお世話になった方々にはチョコってかたちでお礼できるから」

沙羅は気負わずに言った。

「なるほど、そういう気持ちなのね？」

夏希はかるいショックを受けた。

「ええ、真田さんにはいちばんお世話になったから、もっと大きいのがいいと思ったんですけど、皆さんに同じもののほうがいいかなと思って」

沙羅はちょっとはにかんだ。

「どんなお酒と合うか、マリアージュ考えてみるね」

夏希は目いっぱいの笑顔を返した。

「嬉しいです。では、失礼します」

沙羅はこくんと頭を下げて小走りに出ていった。

夏希はちょっと反省した。もちろん相変わらず義理チョコには反対だ。だが、まわりの同僚への感謝の気持ちを素直にチョコに託す沙羅のやさしさには見ならうべきところがある。

心理分析官としてここまで育ててもらったのは、たくさんの先輩たちのおかげだ。

上杉も、小早川も、織田も、小川も、加藤も、石田も、佐竹も、福島一課長や黒田刑事部長も、誰もが自分にたくさんのものを与えてくれた。

もちろん感謝の気持ちでいっぱいだ。

だが、そんな感謝を夏希は一度としてなにかのかたちで表現したことはなかった。

沙羅からもらったトリュフをバッグにしまうと、夏希はコーヒーを買うことも忘れてぼんやりと廊下へ出た。

「だから、わたしはダメなのかなぁ」

夏希が独り言を言うと、ふたりの制服警官の若い女性がクスクス笑って通り過ぎていった。

夏希は立ち止まり、沙羅の言った「寒さもそろそろ終わり」という言葉を思い出して、窓の外を見た。

眼下の海は青く沈んで、まだまだしばらくは春を迎えそうには見えなかった。

それでも夏希は青空のどこかに春の色を感じた。

故郷の函館とは違って、神奈川のいまはやはり春の始まりなのだ。

夏希はゆっくりと窓辺を離れた。

この春はどんなドラマが待っているだろう。

少し弾む気持ちを覚えながら夏希は廊下を歩き始めた。

本作品は、書き下ろしです。
本書はフィクションであり、登場する
人物・組織などすべて架空のものです。

脳《のう》科《か》学《がく》捜《そう》査《さ》官《かん》　真《さな》田《だ》夏《なつ》希《き》

クリミナル・ブラウン

鳴《なる》神《かみ》響《きょう》一《いち》

令和4年 2月25日　初版発行

発行者●堀内大示

発行●株式会社KADOKAWA
〒102-8177　東京都千代田区富士見2-13-3
電話　0570-002-301（ナビダイヤル）

角川文庫 23047

印刷所●株式会社暁印刷
製本所●本間製本株式会社

表紙画●和田三造

ISBN 978-4-04-112263-1　C0193

◇◇◇

角川文庫発刊に際して

角川源義

第二次世界大戦の敗北は、軍事力の敗北であった以上に、私たちの若い文化力の敗退であった。私たちの文化が戦争に対して如何に無力であり、単なるあだ花に過ぎなかったかを、私たちは身を以て体験し痛感した。西洋近代文化の摂取にとって、明治以後八十年の歳月は決して短かすぎたとは言えない。にもかかわらず、近代文化の伝統を確立し、自由な批判と柔軟な良識に富む文化層として自らを形成することに私たちは失敗して来た。そしてこれは、各層への文化の普及滲透を任務とする出版人の責任でもあった。

一九四五年以来、私たちは再び振出しに戻り、第一歩から踏み出すことを余儀なくされた。これは大きな不幸ではあるが、反面、これまでの混沌・未熟・歪曲の中にあった我が国の文化に秩序と確たる基礎を齎らすためには絶好の機会でもある。角川書店は、このような祖国の文化的危機にあたり、微力をも顧みず再建の礎石たるべき抱負と決意とをもって出発したが、ここに創立以来の念願を果すべく角川文庫を発刊する。これまで刊行されたあらゆる全集叢書文庫類の長所と短所とを検討し、古今東西の不朽の典籍を、良心的編集のもとに、廉価に、そして書架にふさわしい美本として、多くのひとびとに提供しようとする。しかし私たちは徒らに百科全書的な知識のジレッタントを作ることを目的とせず、あくまで祖国の文化に秩序と再建への道を示し、この文庫を角川書店の栄ある事業として、今後永久に継続発展せしめ、学芸と教養との殿堂として大成せんことを期したい。多くの読書子の愛情ある忠言と支持とによって、この希望と抱負とを完遂せしめられんことを願う。

一九四九年五月三日